奇病庭園

Kawano Megumi

川野芽生

文藝春秋

序

奇病が流行った。ある者は角を失くし、ある者は翼を失くし、ある者は鉤爪を失くし、ある者は尾を失くし、ある者は鱗を失くし、ある者は毛皮を失くし、ある者は魂を失くした。病を得なかった者たちは、病んだ者たちを集めた庭を作ると去っていき、残された者たちは互いに交配を繰り返し、鉤爪のない者からは鉤爪のない者だけが、翼のない者からは翼のない者だけが生まれ、何千年の何千倍の時が経った。中に、角も、翼も、鉤爪も、尾も、鱗も、毛皮も、魂も持たない一群があったのだが、彼らの中から、突如として、失ったものを再び備える者たちが現れ、庭を恐慌に陥れた。物語はそこから始まる、と思っていただいて差し支えない。始まらないのが一番ではあったにせよ。

目次

I

II

III

IV

奇病庭園

I

角に就いて

角を生やしたのはいずれも、生の終わりにさしかかった老人たちだった。石のように堅い突起物が額の中央に生じ、月の夜のたびに伸びて、三月のうちに立派な角になった。老人たちは角の重さに頭を上げることもままならずに寝付き、それでも角はますます重さを増して、あるところまで熟すると、嚔《くさめ》をしたが最後ぼろりと頭ごと外れるに至るのだった。首の断面から中を見るとすっかり空洞化していて、石榴《ざくろ》石のような結晶がびっしりと内壁に付着しているそうである。そんなだから、頭ひとつの重さは大層なもので、また値打ちも大層であった。老人の家族はみな、首から下だけを棺に収めることに同意した。棺に使う木材も節約できるし、頭を売って得た金は葬儀代を賄って余りあった。葬儀に莫大な金をかけるかの地にしてそうである。

何しろ美しかったのだ。内側だけではない。内側から石化していったために、表面もエナメル質に覆われていた。生前は皺が寄り、肉の弛んだ顔であったものが、たっぷりと水を吸ったように滑らかで、象牙のように硬質で、上質な羊皮紙のような淡黄色をした置物となった。その額の中央からは肘から指の先までの長さのある立派な角が伸びている。角は蛋白石《オパール》のように虹の輝きを内に秘めた白色で、特に緑の色合いの強いものが高値で取り引きされていた。頭よりも角の方が重いので、大抵は角の先を地に触れた形で、頭を前に倒して飾られる。そうすると首の中の結晶の色も見えるのがよいのである。結晶の色は様々だった。血のような朱や、肉のような薔薇色が比較的多かったが、紺瑠璃もあれば琥珀色もあり、翡翠色もあれば無色透明もある。

ここに一人の写字生が登場する。売血の徒と言うくらいだから当然極貧の身である。この青年が有角老人の頭部を目にするのは、それゆえ、文書館の局長室においてであって自宅ではない。無論写字生には自宅はおろか自室もなく、文書館の地下房の寝棚に詰め込まれて寝起きするのだということを、字を読める恵まれた身分のあなた方がお忘れになっていてはいけないと思って要らぬ注釈を付けるのであるが。

当然、かかる高級な調度が置かれているのは写字室ではありえぬ。われらが写字生氏は非の打ち所のない文字無シ魚《フイウドマ》（文字を読めぬ者を指すこの言葉が紙魚《しみ》に由来しているのは周知の通りである）との評価を得て、文書館通信局長の部屋で、持ち出し厳禁の重要な手紙を書き写す名誉ある仕事に任ぜられた。その夜は恐ろしく長大な手紙の複写にかかっていて、局長以下すべての局員が仕事を終えて退出した後も、蛾燈の灯りの下でひとり仕事を続けていたのだが、青年は確かに焦っていたに違いない。金のペン先を腕の血管に刺し、血をたっぷりと吸い上げて引き抜くとき、あろうことか貴重なそのインクを数滴、ペン先から飛ばしてしまったのだから。青年は青褪めた（おそらく貧血のため）。インクの飛んだ先が、局長自慢の有角老人頭部だったのだから尚更である。青年のそれとは似ても似つかぬつややかな額に、赤い斑が点々と散っていた。

青年は慌てて自分の袖で拭き取ろうとしたのだが、（彼女にとっては）不思議なことに、赤い染みは目の前で吸い込まれるように消えていった。そして青年はかすかな声を聞いた。

——小判鮫州重鉱石判事より、象虫州水飴市市長へ、われらが街にて発生したる珍妙なる事件について、取り急ぎご報告申し上げる。絵の中の女たちが消えた、と申すのは、芸術品蒐集家たる豪商にて、近年はエフィメールの高名なる画家の絵画を購《か》い蒐め……どうせなら、表面より内側に血を垂らしてくれた方がよほどいいのだが、贅沢は言うまい……

青年はおどおどとあたりを見回した。そして誰もいないことをよくよく確かめると、机から金のペン先を持つペンを取り上げて再び頭部へとそうっと忍び寄り、首の断面から覗く真紅の結晶質に、自分の血を一滴、二滴、三滴垂らした。確かにそれは故意の公共財横領であった。写字生が体内で血を生産するための栄養と休息はすべて、雇い主の金で賄われていたのだから。この写字生はいまだかつて、これほど大胆な行いをしたことはなかった。

——そう、いい子だ。

今度ははっきりと頭部が口を利いた。いな、頭部だから確かに口はあるものの、口を開いたのではなかった。その声は写字生の血管の中に響いたのである。血を抜いたばかりの腕の血管が脈打った。

——あなたは生きておいでなんですか。

血管を高鳴らせて青年は尋ねた。

――そうであるとも、そうでないとも言える。ただわたしの思考はすっかり結晶化してしまって、こうして頭の内側に貼り付いているものだから、長いことそよとも動かなかった。ただただ文字を読むばっかりよ。しかしこうしてあんたが液体を注いでくれたから、わたしの考えも少しは動くことができる。あんたが垂らしてくれた血と、あんたの体の中の血の助けを借りて。何も考えていない間は退屈も退屈じゃないもないが、こうして考え始めるとさっきまでがひどく退屈だったように思えてくる。あんたが時々こうして血を注いでくれると嬉しいんだがね。

無一文の写字生と美しい頭部が親友となったのはこうした次第だった。写字生は生まれて初めて、秘密を持つ喜びを知った。局長室にいても写字室にいても、地下房の寝板の上に横になっているときでさえ、青年の体内には老女の声が響いていた。青年はまた、言葉にしたことのないおのれの思考が、空洞しかないと思われていた頭蓋の内壁に人知れずこびりついていた結晶質が、水のような言葉となって溶け出し、血の中をさらさらと流れて、老人の言葉と混ざり合うのを覚えた。青年はわざと多くの仕事を買って出て、局長室に遅くまで残り、誰もいない時を見計らってその頸部へ血を一滴二滴、そうっと垂らした。

当然、血はいくらあっても足りない。写字生はいつでも青褪めた頬をしているようになった。監視官が訝しみ始めた。与えられた栄養と休息から、写字生の体内で生産される血液量が算出され、そこから貧血水準の血液量を引いたものと、写字生が書いた文字数から推定される消費インク量を比べると、明らかにどこかでインクが浪費されていることが分かった。

申し開きのしようもなかった。

翼に就いて

翼を生やしたのは妊婦たちであった。錨のような腹で地に釘付けにされ、錨のような腹で婚家に釘付けにされ、錨のような腹で墓へ引きずり込まれようとしている妊婦たちの、腹が膨らむのと比例して、その肩甲骨上に双つの瘤が盛り上がり、次第次第に熟し、月満ちる頃には瘤を突き破って見事な五色の翼が花開き、片翼で大人が両腕を広げたほどもあったろう、おのれ一人が負う錨の重さに倦み果てた妊婦は、ふいと翼を広げて飛び去り、二度と帰らないのであった。妊婦が上空を通ったあとには、銀線細工のような羽根と、血溜りの中に産み落とされた赤子が落ちているのでそれと分かる。

そのころはあちらこちらに赤子が落ちていて、拾う者は拾ったし、そうでない者は拾わなかった。〈天使総督〉は紅孫樹の森の上、降るような星空のただなかに産み落とされ、空へと差し出された木々の掌、やわらかくしつらえられた大鷲の巣に受け止められた。高い木々が朝焼けの色に染まった露をいっせいに振り落とす頃おい、わけても朱い露が滴ってくるあたりを見上げて、枝の上に引っかかった赤子を見出し、助けたのは鉤爪を持つ者たちだった。

鉤爪は、森に隠れ棲む世捨て人たちに生えた。世捨て人、とあたりの邑《むら》に住む者たちや森を通る流れ者たちは呼んでいたし、盗賊、と城門の内側に住む口さがない者たちは呼んだ。かれらは粗布を身にまとって腰に縄を巻き、目深い頭巾の下に顔を隠していた。沓《くつ》は、鉤爪が足に生える前から、履いていなかった。森のあたりに暮らす者たちは、かれらの身の上に現れた変化《へんげ》を、選ばれたる者なるあかしと信じ、城門の内側に住む者たちは、かれらに下された罰と断じた。

一人に二十本ずつ生えた、黒玉のように黔《くろ》い、あるいは湖《うみ》のように碧い、あるいは百合のように皓《しろ》い、あるいは月のような黄金色の、その鉤爪は指そのものよりはるかに長く、硬く、先が尖っていて、それを目にした旅人をして一切合財を擲《なげう》って逃げ出さしめるには充分だったが、そうして得た布施を用いるにはやや不便であった。当然想像しうるように、赤子を拾い育てるにあたっては、不便どころの話ではなかった。翼ある母から生まれはしても、ありきたりの赤子と何ら変わるところのなかったその子供が、その柔肌を引き裂かれずに生き延びたのは、なかばは赤子のよほどの強運、なかばは養い親たちのよほどの細やかさのおかげと言わねばなるまい。幾度かれらは、鉤爪に脅かされずに済む世界に還そうと、赤子を旅人の通り道に置き去るを試みたことか。しかしかれらほどの有徳の者はついに一度も現れず、そうするうちに赤子は赤子の齢を過ぎ、置き去られるたびにみずから養い親たちのもとに帰って来ることを覚えた。

もう一人の赤子は池に落ちた。池ふかく棲むなにものかが、過酷な産湯から赤子を救い上げて岸に運んだ。

岸辺を通りがかって赤子を拾ったのは老女の頭部を抱いた若い旅人であった。長いこと文書館の外の世界を知らず、赤子の世話の仕方など学ぶ機会もなかった旅人は、乳のかわりに数滴の血をペン先から吸わせてみた。乳も血ももとは同じこと、その上にこれは賢い血であった。青年と老女と、二人の思考がその中を流れていたのだから。そこに加わったが赤子の思考。赤子はみずからの脈拍に耳を傾けるようにかれらのつぶやきを聞いて育ち、口を利くのを覚えるよりずっと先に、無言のまま二人の道連れと語り合うのを覚えた。赤子はおしゃぶりの代わりに金のペン先をつねにくわえたがり、その鋭い切っ先が赤子の柔い口内を傷付けないようにするには相当の心配りが必要となった。

少女の身は離れの塔の一室にあった。身重であった。何も食べようとせず、眠ろうとしないので、薬を打たれて人形のように眠らされ、栄養を流し込まれていた。少女の顔の半分は焼け爛れて見る影もない。

数ヶ月前、少女はわれとわが身を傷付け、情人《こいびと》を刺そうとした。駆けつけてきた男たちに取り押さえられたとき、彼女は暖炉の火箸で自身の顔を焼いていた。自死と堕胎と美の破壊は大罪であり、少女は厳重な監視のもと塔に閉じ籠められるに至った。

円形の部屋には、床面までの大きな窓がひとつ。板を打ち付けられて閉ざされている。部屋の大部分を占める、天蓋付きの古い寝台に斜めに横たわる少女の、白い夜着の下の軀は、奇妙に捩れているように見える。瘤のように膨れているのは、腹だけではない。

世捨て人たちは赤子に聞かせるような歌をひとつも知らなかった。赤子に聞かせるものであろうとなかろうと、歌をひとつも持たなかった。かれらは深い深い沈黙の中に暮らしていた。しかしかれらがその硬い爪を打ち合わせると、澄んだ鐘に似た音が響いた。子供が喜ぶので、かれらはしばしばその楽音がかれらの静寂《しじま》を破ることを許し、子供は木の枝でかれらの爪を弾いて調べを作ることを学んだ。

子供が喜んで繰り返し奏でた旋律の中に、それでもかつてかれらが知っていた音曲を髣髴させるものがあり、その詞の一部を取って子供は〈七月の雪より〉と呼ばれるようになった。

若い旅人は幼子に聞かせるような物語をひとつも知らなかった。食うに困っておのれを文書館に売って以来、一歩たりとも外に出ることを許されず、来る日も来る日もみずからは読めぬ文字を書き写して暮らしていた。写字生たちは一枚の紙葉を覆う線の連なりの全体を、ひとつの文様として丸ごと記憶して引き写していた。

今も憶えているそれらの文様を、旅人が地面に棒で描いてみせると、老女の頭部が読んで聞かせた。それが寝物語の代わりであった。物語や詩であるときもあれば、神学論争であるときもあり、外交文書であるときも、税収の記録であるときもあった。物語であっても、たいがい、始まりも終わりもなかった。一冊の書物を数人の写字生が手分けして写すのが慣習であったから。

子供はこうして文字を覚えたが、旅人は決して字を読めるようにならなかった。

一篇の謎めいた詩が殊の外子供の気に入って、幼い思考で何度も唱えようとするので、その一節を取って〈いつしか昼の星の〉というのが子供の名前になった。


垂直に聳える石の壁を、夜な夜な攀じ登るものがあった。夜ごと石の壁に攀じ登っても、少女の幽閉されている塔の天辺の部屋には辿り着かなかった。膚が裂け、爪が剝がれて血が流れ、瘡蓋の代わりに、爪の代わりに、鱗が傷口を覆った。翡翠《かわせみ》の羽の色にきらめく可愛らしい鱗であった。夜半《よわ》窃《ひそ》かに石壁に挑むときも、鱗は月の光に応えてきらめき、水晶の矢のきらめきが、それに応えて監視人の手から放たれた。そうやってできた傷の上にも鱗が生えた。

はじめは軽く引っかいただけで剝がれた。一枚剝がすと二枚生えてきた。ほんの少しだけ硬く、ほんの少しだけ大きく、ほんの少しだけ痒みを伴う鱗が生えてきた。引き毟ると薄い緑色の血が流れた。やがて剝がすのに激痛を伴うようになった。

そうして身体中を鱗に覆われた少年は、ある夜、手を滑らせて塔を囲む濠へと落ちたのを最後に、二度と陸に上がってはこなかった。

だいぶ以前から陸上での生活に困難を覚えていたので。

若い旅人は追われていた。文書館から高価な財宝《たから》を盗み出したそうである。その財宝が何であるかは、旅人も老女の頭部も教えて呉れなかった。

〈本の虫〉たちは執拗だった。かれらは書物になど一切興味がなく、たいていは読み書きもできなかった。かれらの関心は主に、金と暴力と快楽《けらく》にあった。文書館の権威と利益を守るために、金によって雇われたやくざ者どもなのである。そして文書館の権威と利益を傷付けることでなければ、何をしてもお咎めはなかった。私腹を肥やそうが、邑に火を放とうが自由だった。文書館に写字生の絶えることがないのも、かれらとつるむ人攫いや人買いのおかげであるかもしれなかった。

いま、かれらの最大の任務は脱走した写字生を連れ帰ることだった。生死は問わない。逃げた写字生をそのままにしておいては示しがつかぬ（と〈書痴〉たちは考えた）。虫けらのごとき写字生が、高価な有角頭部を偸《ぬす》んで逃げたとあっては尚更のこと。

森の洞窟は湿った匂いがした。旅人は子供を背後に庇って入り口近くに陣取り、胸に抱えた老女の頭部の、鋭く長い角を剣のように構えていた。大事な友人を武器として扱うのを旅人は躊躇したが、老女の頭部がそうして呉れと口説いたのだ。彼女たちは武器になるものを他に何も持っていなかった。高価な有角頭部を傷付けるようなことはあの乱暴者たちも躊躇《ためら》うだろうし、この硬度では、傷付けようとしても簡単にできることではあるまい。

そう老女の頭部は云った。

洞窟の外のわめき声が手に取るように聞こえた。こちらの三人《みたり》は静かだった。話し合うのにわざわざ唇を触れ合わせ、舌を動かし、喉を開け締めし、肺を膨らませ、軀の管に空気を通し、骨に響かせる必要がなかったから。

〈一番奥の壁際で、身体を丸めて動かずにじっとしておいで。奴らに見つからないように〉と老女の頭部は〈いつしか昼の星の〉に云った、〈わたしたちさえ捕まえれば、奴らはおまえまでは探すまい〉

〈もし捕まってしまったら、隙を見つけて逃げるんだ、そのとき、わたしたちを待ったりしちゃだめだよ〉と若い旅人は云った、〈ひとりで、あとも見ずに、いっさんに逃げるんだ〉

しかしその日、〈本の虫〉たちはかれらのもとまで辿り着かなかった。鋭い笛の音が空間を切り裂くと、わめき声は引き潮のように遠ざかっていった。何が起きたのかはわからなかった。旅人と老女の頭部はまんじりともせず見張りを続けていた。子供はじきに眠りに落ちた。旅人と老女の頭部の話し合う声が、星のめぐる音のように眠りの底を流れていた。

森の川辺はその日いつもとは違った匂いがした。ものごころついてから、〈七月の雪より〉は一度も危険を感じたことがなかった。〈七月の雪より〉が〈世捨て人〉らの子供である限り、森のすべてが子供の庇護者であり、森はひとつの織物となって、子供を包んでいるはずであった。

　しかしその朝はなにかが異なっていた。織物を引き裂こうとする力があり、森を織り成す経糸と緯糸の秩序を知らずに、力まかせに布地を傷付けようとする者があった。

　ふいに翠の聖域が無惨に劈《つんざ》かれて、空間の傷口からざわめきが姿を現した。ざわめきはおぞましい姿をしていた。棍棒や山刀や鞭や松明、引き攣った傷痕に歯茎まで剝き出しの口、皺の寄せられた鼻、それらがあちこちから突き出していた。

　こんなとこにいやがった、とざわめきはわめいた。

　餓鬼だ。おい、餓鬼がいやがったぞ。女は？　それに盗品は？　餓鬼がいるからにはどうせこの近くだ。おい、丘の方へ行った連中を呼び戻せ。

　鈍色の筒が現れて赤い口のひとつに銜えられ、鳥の声に似ていなくもない、しかしずっとがさつで耳障りな音を立てた。

　あたりを探せ。必要ねえ、餓鬼をちっとぶちのめせばいいのよ。おい、てめえの連れはどこだ？　言わねえと……

　子供はざわめきの口々にわめく内容をほとんど理解しなかった。言葉であることさえわからなかった。言葉とはもっと深く惜しまれて出て来るもの、苔を伝って滴り落ちてくる雪解け水のように、きわめて貴重なものとして一滴一滴搾り出すように出てくるもの。そうして、与えられた痛みの意味も理解しなかった。転んだわけでもないのに、痛みが天から降ってくるように訪れることなどあるだろうか?

急ごうぜ、ここはきみが悪《わり》いや。なんかいるんだろう、なんてったか……。

けっ、与太話を真に受けやがって。

腰抜けが。

そのとき、ざわめきがひいっと息を呑んだ。

いつの間にか〈世捨て人〉たちが木々の間にずらりと並んでいた。かれらは静かに憤っていた。かれらが怒るのを子供はそれまで一度も目にしたことがなかったけれど、そうとわかった。

人喰い鬼、とざわめきが叫んだ。

退散だ、とざわめきが怒鳴った。

餓鬼なんざ捨てていけ、とざわめきががなった。

瞬く間にざわめきは去り、ざわめきの踏み躙《にじ》った跡とともに、子供は庇護者の元に残された。

〈世捨て人〉たちは自分の怒りを少しばかり恥じている様子で、たしかにこの出来事がかれらと子供の別れを早めたに違いなかった。

少年が濠に落ちてのち、館の井戸から水を飲んだ者たちの皮膚に、ひそやかに鱗が萌え初《そ》めた。

はじめはごくささやかな症状であった。一枚か二枚、ごくやわらかいものが皮膚のどこかに生じるだけであり、美を重んじる教団の人々の間では、誰もが持っていながら誰もが恥じて隠す、ひそやかな悪徳のごときものとして衣の下に秘められていたが、首筋や手の甲、時には顔に発症した者こそ不運であり、公然の嘲笑と内心の憐憫との対象となったものである。

それは抜き忘れた体毛のように滑稽なもの、食事のあとのおくびのように不作法なもの、爪の間に溜まった垢のように不潔なもの、花の顔《かんばせ》から漏れる鼾のように興醒めなもの。

虚栄心の強いかれらはこの鱗を剝がしてしまおうとした。鱗は引っかくとぽろりと剝がれた。しかし剝がれたあとにはふたたび、ほんの少しだけ硬く、ほんの少しだけ大きく、ほんの少しだけ痒みを伴う鱗が生えてきた。引き毟ると薄い緑色の血が流れた。やがて剝がすのに激痛を伴うようになった。

そうしてやがて身体中を強固な鱗に覆われた者たちは、むずがゆさに気が狂わんばかりになって水に飛び込んだ。

〈〈いつしか昼の星の〉は、もうわたしたちとともにいては不可《いけ》ない〉

旅人はそう云った。いつ云ったのか、おそらくは子供が眠りに就いているあいだ、老女の頭部と夜通し話し合っていた内容がそれであったのだろう。

〈文書館の連中の追跡があまりに執念い。このままでは〈いつしか昼の星の〉にも危険が

及ぼう）

（捕まったら、〈いつしか昼の星の〉まで写字生にされてしまう）

（それだけは避けなくては）

夢の中で繰り返されたその言葉を、〈いつしか昼の星の〉も、目覚める前に自然と受け容れていたのだった。

子供は、二人の道連れの姿が見えないときも頭蓋の内にかれらの声が響くのに慣れきっていたので、別れを惜しむ必要があるとも思わなかった。別れのほんとうの意味をその子供が知ったのは、かれらの声が――距離が遠くなったためではなく、時が経ってみずからの血の中でかれらの血が薄くなったために――次第にかぼそくかそけくなり、ついには一切聞こえなくなった、そのときであった。


子供が連れ去られそうになったとき〈世捨て人〉たちが感じた怒りは、かれらに、この子供が自分たちにとってなくてはならぬものになっていることを自覚させた。いかなるものへの執着もみずからに禁じていた隠者たちは、そのことに気付くと、子供との別れを決めた。

子供が大きくなった今、もはや鉤爪のある手で少年に触れる必要はなく、鉤爪さえ触れ合わぬかれら流のやり方に戻って、ただかちかちと爪を鳴らして手を振ると、少年の姿が見えなくなるより早く、背を向けて森に消えた。粗布に身を包み、長い爪を木漏れ日の中にひらめかせた、隠者たちの痩せた姿は、森の中の一群の木のようだった。

鉤爪に就いて

事の起こりは〈世捨て人〉狩りだった。

言うことを聞かないと森の〈世捨て人〉たちのところに捨ててしまいますよ、と言われて育った。——〈世捨て人〉というのはね、まっくろおい外衣《マント》を着てまっくろおい頭巾をふかあく下ろして、ほんとうの姿を隠しているけれど、ほんとうは人間じゃござんせん。世にもおぞましい化物なんでございます。いえね、その外衣の下を覗いて生きて帰ってきた者なんぞござんせんけど、外衣でも隠しきれないのが、ながあいながあい鉤爪なんですわ。火掻き棒みたいに長い鉤爪が、片手で五本、両手で十本、足も入れて二十本。一本一本が、鋏の刃みたいに尖ってて、肉切り庖丁みたいに切れ味が鋭くって、夜でも焚き火の灯りできらっきらっと光ってるそうですわ。鹿でも狼でもこの連中にかかったら手も足も出やしません。長い鉤爪で串刺しにしてね、べろーっと皮を剝いで、からだの表と裏をひっくり返して、きれいに食っちまうそうですよ。連中《れんじゆう》の塒《ねぐら》には真っ白になった骨が積み上がってるんですとか。中でも連中のお気に入りのご馳走が、何だと思し召します？　子供ですよ。坊っちゃんみたいな、まるまるとしてやわらかそうな子供が、あのお歴々は大の好物でしてね。森を安全に通るには、美味しそうな子供をひとりっくらい置いてってやるのが一番なんですわ。だから、どうか聞き分けよくしていなされよ。あんまり悪い子にしていると、お父様方が坊っちゃんを森に連れて行っておしまいにならないとも限りませんからねえ……。

それは私と同じ頃に子供時代を経験したすべての者に共通の悪夢だ。

〈世捨て人〉という呼び名は忌み言葉のようなもの、事実は、公爵の裁きを逃れた無法者たちが森を根城にして暮らすうちに、天罰を得てあのような姿になったものだろうと推測される。

事実、父の手代だった男はよその街からの品物を運んでくる際に〈世捨て人〉たちに襲われて一切合財を捨てて逃げてきたと証言しているし、森では時々女や子供の惨殺屍体が見つかる。数年前には文書館子飼いのならず者たちが森で襲われ、連れの子供を囮に投げてようよう逃げて来たと、酒場という酒場で吹聴していたものである。彼等が子供を連れにしているとは聞いたことがなかったが。

今回は、私も目をかけていた青年だった。

イアルス子爵が息せき切って飛び込んできて、告げた。キャフラが森で〈世捨て人〉どもに襲われたと。

伯爵夫人のサロンの中で一番の遊び人である若き子爵がどこからか連れてきた美童がキャフラである。

キャフラは森で見つかった。医師の私でも詳述を躊躇う惨状だった。

——連中が人肉を食うというのはほんとうだったのだな。

遊び仲間の一人がつぶやいた。

〈世捨て人〉狩りの土産として都にもたらされたのは新たな流行であった。黒光りする鉤爪、とばかり聞いていたので、死んだ〈世捨て人〉たちの手足から切り取ってこられた指を目にして、その爪がずいぶんと多彩な色をしているのに驚いた。翡翠に似たもの、瑠璃に似たもの、蛋白石に似たもの、瑪瑙に似たもの、材質は石のようでもあり、金属のようでもある。あまりに切っ先が鋭いのではじめは手を触れるのもおっかなびっくりであったが、その美しさと材質のよさに誰もがすぐ危険を忘れた。

狩りに出かけた若い連中は、鉤爪から指環やブローチやカフスボタンを作り、みずから身に着けたり、情人に贈ったりした。贈られた側からすれば、〈世捨て人〉狩りを成し遂げるほどの胆力と腕前の持ち主たる情人の愛の証明である。自慢の種にならぬわけがない。〈世捨て人〉の爪で作った装身具は、あっと言う間に都中の羨望の的になり、流行になった。〈世捨て人〉狩りもまた。

詩人たり名うての狩人たる男が、パトロンの貴婦人に爪をまるごと一本贈った。黝《くろ》い地に白い斑の入った、たいそう美しい爪であった。芸術家の庇護者であり、奇矯なことの好きな婦人は、爪をそのまま指に嵌めて見せびらかした。これがまたたいそうな流行になった。まがいものの爪が宝石屋に注文され、男も女も手に鋭い鉤爪をつけた。

石屋たちはそれぞれに聞こえのいい名前を考案した。虹色爪輝石に（狩人の名を取って）ズリア玉、（伝説の盗賊の名を取って）グローエン鉱、など。鸚鵡石、という平凡な名が最も人口に膾炙しただろうか。

病毒は鸚鵡石とともに広まったらしかった。鸚鵡石に触れた者たちの手に長い鉤爪が伸びはじめたが、誰もそのことに気付かなかった。当人たち以外は。あれほど目立つ鉤爪がどうやって永きに亘って発覚せずに通せたかといえば、当然、流行の陰に隠れたのである。発症した者たちは、おのれ一人の身に降りかかったことと思い、怯えながら堂々と鉤爪をひけらかして歩いた。誰もほんものの爪とは思うまい。事実、誰も思わなかった。

爪はひどく硬く、鑢《やすり》を用いようにも鉤爪の生えた彼等の手はもはや道具の使用に適さなかったのだろう。削っても削っても伸びてくるのだとも聞く。

ことが明らかになったは、例の詩人と貴婦人が無惨なありさまで発見されたとき。タピスリーに埋め尽くされた古風な室内は夥しい血に汚れていた。狩猟の様子を描いた翠玉色《エメラルド》のタピスリーから、白い猟犬が残忍な眼で彼等を見下していた。抱き合いながら、互いの抱擁から必死で逃れようとするかのように身を捩った奇妙な体勢のふたつの屍体は、十本の鉄針で縫い止められていた。まるで蝶の標本のように。男の軀を背から貫いて、女の心臓、肺に、脾臓に達したその鉤爪は、男の背に回された女の手から始まっていた。医師として呼ばれた私もそのありさまを見た。引き抜くのが難しいのでまずは女の手から付け爪を外そうとして、それが嘘偽りなく彼女自身の爪であることを発見した。鉤爪はたしかに彼女の指先から生えていた。詩人から贈られた例の爪は、鍵のかかった寝室の抽斗に仕舞われていた。

はじめは心中かとも思われたが、おそらくは単なる事故であったのだろう。女はほんものの鉤爪が生えてきたことをひた隠しにし、恋の情熱がその尖《するど》い得物の危険を両人に忘れさせた――そんなところであったろう。

問題は、この鉤爪がいつから女に生えていたか、そして、この病に侵された者が他にいるのか、である。

急遽、付け爪禁止令が出されたが、効果は薄い。人々はこの新奇な流行を手放そうとはしない。そこに付き纏う血腥い噂も含めて愉しんでいるのだ。いな、それとも彼等のひけらかす爪はどれも、すでに外したくても外せぬ自前の爪となっていたのか?

上流社会の花形たちが相手とあっては、いちいち呼び止めて爪を押したり引いたりしてみるような無礼もできぬ。ゆえに惨劇は繰り返された。血溜りの中に抱き合って倒れる情人たちが次々に発見された。ついに恐慌が高まり、爪に対する規制が強まった。付け爪をしていたり、手許を隠したりしている者たちは疑念の目で見られた。長い爪をしている者は襲撃の対象になり、私刑の対象となった。

都でも〈世捨て人〉狩りが流行になった。

——どう思う？　これは天罰なのか？　〈世捨て人〉狩りを行ったのは過ちだったのか？

サロンの一人がそう言って怯えたとき、

——非科学的なことを言わないでくれよ、と私は言ってやった。——ただの伝染病だ。感染源を絶てば病気もなくなる。面白がってあんな益体もない土産物をべたべた触ったのが間違いだったのさ。

私の懸念は他にあった。

——いまにもっとひどいことが起きるぞ。

私はそのときイアルス子爵とともに見張りの任務に就いていた。街の中心部に近い伯爵家の大邸宅が私たち衛生委員の本拠地であった。接収した邸宅の戸口には古い家具が積み上げられ、感染者の侵入を防いでいる。伯爵家は一家全員が感染していることが発覚し、手と足の指を切り落とす処置を受けたが、のちに死亡した。施術を担当したのは私である。

窓に打ち付けた板の隙間から、人影のない白昼夢の街路を見張っていた。目に入るのは、〈世捨て人〉狩りの見回りばかり。

——今はまだ事故とはいえ、〈世捨て人〉になった者たちはいつ人肉への嗜好を目覚めさせるかわからぬのだ。君も忘れたわけではあるまい、キャフラの死に様を。用心してしすぎることはない。

すると子爵は口の端を歪めて笑った。

――いや、失敗だったな、あれは。

――何がだ？

――〈世捨て人〉は人肉を喰らうわけではないらしい。乳母が子供を脅かすために作り上げたお伽噺を我々は真に受けていたというわけだ。が、まあ、誰も疑いを抱かなかったのだから、よしとするか。

――何の話をしている？　キャフラは……

――キャフラを殺したのは俺だよ。

子爵はあっさりと言った。――事故だった。森で円盤投げをやっていたらあの坊やの額に当たってね。ただの事故さ。だが、世間は口さがないものだろう？　家名を汚すわけにはいかぬのだ。幸い、機転が働いて……

――ではキャフラの肉を喰らったのは？

――俺だよ。不味かったなあ。あそこまで頑張る必要はなかった。だが、額の傷は見つかっては困るしな……

私はぞっとして手に持っていた鉤爪を彼に向けた。彼がキャフラを殺して喰らったことよりも、あそこまで体面に拘っていた彼がいまざっくばらんに語っていることの方が、狂気の証のようで私を怯えさせた。

透明鉱

紅孫樹の森を出て間もなく、少年は人攫いにさらわれた。売られた先は辺境の鉱山であった。鉱山は透明で、どこにどんな鉱石を蔵しているかひと目でよくわかる。採れるのは亜銀、液状の金属《かね》である。緑青色と黄金色と銅《あかがね》色と錫色が孔雀の羽根のように入り交じってちらちらと輝く、どろりとした金属が、透明な三角形の山々の中に点々と池をなして横たわる。光のつよい日には、鉱山の輪郭はほとんど空に融けて消え失せ、輝く金属の池だけがいくつも宙に浮いて見える。

この金属は加工によって固形になる。液状のうちは加工が容易く、固形化すれば堅牢で美しい。飾り物にも武具にも向く。その上にここでしか採れない。ために高値で取り引きされる。もしかしたら他の透明でない鉱山にも眠っているのかもしれないが、透明でないのでいまだ見つからない。

しかし透明な鉱山の透明な岩盤はおそろしく牢《かた》い。手を伸ばせば触れられそうに見える富まで掘り進むのに数年かかる。亜銀で造られた鑿《のみ》ですこしずつ壁を削り取る。透明な鉱山の外からは、鉱夫たちの働いているようすが手に取るように見える。日が落ちると山々は、採掘坑の中の洋燈《ランプ》の光に彩られる。ときには岩盤が崩落して鉱夫たちが圧し潰されるさまもよく見える。空気が不足して鉱夫たちが悶え苦しみながら死ぬさまもよく見える。透明な岩盤に開いた透明な亀裂に足を滑らせ、透明な深淵を落ちていくさまもよく見える。

この金属《かね》は有毒である。液状のものが皮膚に付着すると強い痛みを引き起こす。皮膚は孔雀の羽根の色に焼け爛れながら、すこしずつ腐り落ちる。長年働いている鉱夫たちは、たいがい躯のどこかを喪っている。

数百年前、もともとは詐欺師まがいの行いで日銭を稼いでいたある一家がこの鉱山で財をなして大富豪となり、職人や商人が集まってきてひとつの街ができ、街は大きく膨張して、一族は街の総督を名乗ったが、一族の末裔である現在の総督には世嗣がいなかった。七人いた夫人は、身籠ると次々に翼を得て飛び去り、どこかで産み落とされはしたはずの赤子たちの行方は杳として知れなかった。それゆえ、鉱山で働く少年のひとりが親を知らず、天から降るように産み落とされたという噂が総督の耳に達すると、彼はすぐにその少年を呼び寄せた。

鉱山に連れて来られた者は、大人でも子供でも、はじめ鉱夫たちの歪に変形した躯を目にすると異形への恐怖とおのが未来への恐怖に泣き出すと言われている。しかし少年は怖れるようすも愕《おどろ》いたようすもなくかれらに馴染み、荒くれ者と定《きま》っている鉱夫たちも、俗世間の汚点《しみ》ひとつないこの少年をなにか非常にきよらかなもの、子供時代の思い出とともに胸奥の祭壇に飾っておくようなものとして扱った。何人かの鉱夫が冗談に彼を〈天使の落とし子〉と呼び、すると少年は生真面目に考え込む顔をして、そうかもしれない、とつぶやいた。自分は育ての親しか知らぬしかれらだけを親と思っている、ただ親たちによれば、自分は血と数枚の銀の羽根とともに天から落ちてきた赤子であったそうです、と。

呼び寄せてみるとたしかに、夫人たちの産み落とした子が成長していればこれくらいの年頃であったろう。総督は少年を見て、妻に似ているように思ったが、それがどの妻のことなのかは思い出せなかった。いずれにせよ妻たちは七人姉妹で互いによく似ていた。


さて総督の死後、跡を継いだ少年のもとで、街は最後の繁栄を迎えることとなる。

鉱山から始まった街だというのに、住人たちは鉱夫をひどく厭《きら》っていた。彼等の醜さが、貧困が、不幸が伝染するのを恐れ、市街地に入ってくるのを嫌がった。

しかし総督は鉱夫たちを手厚く保護し、かれらへの一切の迫害を禁じたし、引退した者には充分な年金を支払った。

すると、この街では手や足がひとより少なくても多くても白眼視されることがないという噂が広がって、方々から流民がやって来た。不作と飢餓で土地を捨てざるを得なかったもの、戦を逃れてきたもの、疫病に罹り放逐されたもの。かれらは（余所の住人たちに言わせれば）人間とは思えぬおぞましい姿に成り果てていたが、総督はかれらに定住を許し、あたうかぎりの食事や休息を与えた。流行病に罹ったもの——蹄のあるもの、腕が蔓と化したもの、脚が昆虫のそれと化したものなど——は隔離されたものの、その待遇は手厚かった。

鉱夫や流民たちは彼に〈天使総督〉のあだ名を奉った。

実のところ、総督にはあたりまえの領民たちのほうがこわかった。異形と呼ばれるものの姿は彼になつかしい〈世捨て人〉たちを思い出させ、あたりまえの姿かたちをしたものたちは幼い日に一度出会ったおそろしい〈ざわめき〉たちを思い起こさせた。

彼はどんなに勧められても、妻を娶ろうとはしなかった。


しかし誰もが知っての通り、恐るべき〈金のペン先〉連続殺人事件が起きたのも、〈天使総督〉の時代であった。路地裏や宿屋や屋根裏部屋で発見された遺体はいずれも全身の血を抜かれており、凶器は小さな金のペン先と判明した。被害者は娼夫に旅人、商人に鉱夫と様々である。

当然のことながら人々は恐慌に陥り、総督は犯人探しを急がせた。そして捜査を進めるうちに奇妙な事実が浮かんできた。誰かが金のペン先で殺されるときには必ず、その近くで総督その人を目撃したという証言が上がるのである。たとえば夜の路地に。たとえば場末の居酒屋に。たとえば人気のない倉庫街に。

天使の顔をした総督が、残虐な殺人鬼〈金のペン先〉だったのか？

人々が総督の館に押し寄せ、総督を八つ裂きにしろと喚いたのも無理からぬことである。

〈天使総督〉は静かに瞼を閉じてそのざわめきを聞いていたが、やがて目を開けて言った。

――私を牢に入れるがよい。

毛皮に就いて

遠征から帰ってきた騎士たちが甲冑を脱ぐと、黒々とした毛皮に全身を覆われていたので、人々は驚き怖れた。この地にはまだかかる奇病の噂がほとんど流れていなかったし、唯一知られていた例が、北へずっと行った山あいの地にけだもののように毛むくじゃらの人々が棲んでいるというものであり、これは天罰を受けた邪教徒に違いないので、一狩り行こうと敬虔なる騎士たちは洒落込んだのであった。

山あいの地への長い旅路のあいだ、騎士たちは髪や髭が伸び放題に伸び、膚が垢で黒く汚れても、気に留めなかった。腕に、脚に、胸に、背に、何が生い茂ろうとも、かれらの剛毅の象徴となるはずであった。かれらは騎士であり、騎士の皮膚は甲冑であった。

ところが山あいの隠れ郷へ辿り着いてみると、騎士たちはそこに討伐すべき何者をも見出せなかった。異状は見当たらなかった。そこに棲む人々は、かれらとまったく同じ姿を、当然そうあるべき、毛むくじゃらの姿をしていたのだから。甲冑を脱いでしまうと、かれらは水滴が水に還るように、毛皮の生えた人々の間に溶け込み、誰が味方で誰が敵か、自分は騎士としてここへやって来たのかはじめからここに棲んでいたのか、わからなくなった。そういうわけで、甲冑を着て帰ってきた者のうちのどれだけが甲冑を着て発っていったあの騎士であるか、また山あいに留まった者のどれだけがもとから山あいに棲んでいた者であったか、知る手立てはない。

世に数え切れぬほどの信仰がある中で、どれが邪教か決める方法は簡単で、何か災禍を被った者の信じていたのがそれなのである。それで帰ってきた騎士たちは各々の信じていたありとあらゆる神を捨てることになった。街の人々も、邪信徒と告発されてはかなわぬので次々と信仰を捨てたが、騎士の数は非常に多く、その信ずる神も多種多様であったので、一柱の神も残らなかった。これまでも神々というものは、人々が気付きさえしないあいだに、ひとつ滅びては新たにひとつ生まれていたのだったが、神という神が一度に全滅してしまうのははじめてのことであった。

信ずるに足る神が一柱もなくなってしまった人々は不安に駆られた。さて、実を言えば世界にたった一人だけ、忘られた神々の蒐集家がいた。世界の涯てに立つその宏壮な殿堂には、信者を失った神々が憤然として、あるいは悄気返って、あるいはつとめて無関心なそぶりで、あるいはにやにやと笑いながら訪ねて来るのだが、長い長い時間ののちには——これは人の子の尺度の時間であって、神々にとっては悲しいかな一瞬に過ぎぬのだが——結晶質のように不動の、瞑想的な神々のいわば標本ができあがるのである。しかし神々がここを出て行くこともあった。ごくまれに蒐集家は、骰子《さいころ》を振り、砂時計をひっくり返し、これらの標本の中からいくつかを取り出し、名前を付け替え、あるいは姿を取り替え、あるいは複数の標本を継ぎ接ぎして、再び世に送り出す仕事をも担っていたのである。

この蒐集家ならば、不安に駆られた街の住人たちのために、神々を蘇らせることもできたろう。しかし忘られた神々とは言い条、この人物ひとり神々を忘れずにいるのなら忘られた神々ではないではないか、と誰もが言うに違いない。それは尤もな話で、抜け道として、蒐集家自身が世界中の誰からも忘れ去られるという取り決めがなされている。それゆえ蒐集家はこの物語には登場せず、何の助けにもならない。

敬虔なる騎士団は信仰を失って解散し、騎士であった男の一人が代わりに傭兵隊を組織した。この時代には万事金が信仰の代役を務めた。この男は金さえ積まれれば誰をも守り誰をも殺したし、君主たちは金で雇えるならけだものでも雇ったし、部下たちは金さえ支払われればけだものにも従いていった。男は残忍であり、乱暴者であり、命知らずであり、抜け目なかったので、けだものと怖れられるに充分であった。この傭兵隊の通ったあとは略奪され尽くして草も生えないと言われたものである。

そのころ、とある皇帝が五十年にわたる戦のはてに苦境に陥ったところへ、この傭兵隊長が助力を申し出、見返りとして皇帝の一人娘と帝国の三分の一を要求した。皇帝は一も二もなく了承したが、皇帝の娘は拒んだ。

——こんな姿になっては、女人に愛されることなど望むべくもない。

毛皮に覆われた傭兵隊長は言った。

——そう、それで？

皇女は言った。

言われてみると、確かにだからといってどうなのか、傭兵隊長にもわからなかった。

――わらわは誰に嫁ぐつもりもなく、誰と契るつもりもない。そうしたいと思うたこともない。

――それは伝染《うつ》る病か？

傭兵隊長が尋ねたのはそれであった。誰と契りたいとも思わぬことが病であることは間違いなかったから。

皇女は口の端を歪めて微笑った。

――もしそうであったら、少なくとも孤独ではなかったろうが。

欲望は伝染る病であった。欲望を追う者は、渇いてはいても、孤独ではなかった。


傭兵隊長は結局帝国の半分を見返りとして戦を引き受けた。敵国を追い返して五十年にわたる戦を終わらせ、帝国の領土を大幅に広げてやったのちも、傭兵隊長は宮廷に留まっていた。むろん彼はもはや帝国の半分を握る領主であったし、荒稼ぎからは足を洗う頃合いであったかもしれない。しかし誰もが彼の野心はより高みを目指しているのだと信じて疑わなかった。誰もが彼は皇女と結婚して帝位を手に入れるために留まっているのだと信じ、彼が単なる顧問官として、あるいは皇女に対する単なる友情によって、留まっているなどとは思いもしなかった。

戦の終結から数年の後のこと。この顧問官がおのれの領地を見て回っていると、早馬がやって来て今すぐ宮廷へと皇女の命を告げた。

皇女は語った。父帝が急病を得て床に就いた。額から角が生えた。それが月の夜のたびに伸びる。帝国の内外から医者を呼びつけて診させたが、とうとうわかったのはこの病は治らぬということであった。皇帝はすでに、角の重さに頭を上げることもままならず寝付いている。それでも角はますます重さを増して、あるところまで熟すると、嚔をしたが最後ぼろりと頭ごと外れるに至るそうである。

そこまで語って、皇女は言った。

——そなた、わが夫にならぬか。

顧問官はにやりと笑った。面食らったのである。

——それは俺が一度断られている。

皇女は話を聞けと言わんばかりに苛立たしげな仕草をして、

——さよう。しかしそなたも知っての通り女子《おなご》には皇位継承権がない。父上が崩御なさる前にわらわに夫が現れなければ、この国はどこの馬の骨ともわからぬような遠い血縁の男のものとなる。それも詮なきことと思うていた。そうなればわらわはその男の庇護下に入り、早晩殺されるだろう。わらわが子でも産めば彼の地位を脅かすのだから。子を産むつもりなどないと言うてもわからぬだろう。それも詮なきことと思うていた。

その男とは、領民の子供を狩りの標的にして楽しむという噂のある領主だ。

——だが……そなたもこの国がほしいのだろう?

——それは、そうだが。

——あの男にくれてやるくらいならそなたにやる。われらがまことの夫婦《めおと》でないことなど誰が知ろう。わらわとそなたは、閨《ねや》をともにすることはできずとも、玉座をともにすることならできる。

それで決まった。

数日後に皇帝が没すると、新たな皇帝と女帝が立ち、玉座はもはや自分のものと信じ切っていた領主は激怒して、婚姻の不成立を唱え攻め込んできた。しかし信仰は過去の遺物となったこのご時世、神の前での婚姻の不成立を唱えるやり方は流行らなかったし、傭兵隊時代からの部下たちは見る間に侵入者を追い払い、あまつさえ領土を広げて帰ってきた。

先帝のときとは打って変わって、この国はふたたび強国となった。女帝の統治は賢いものであったし、皇帝の率いる軍は無敵であった。

権力欲は伝染る病であり、それゆえ二人は孤独ではなかった。

近隣の小国は次々に帝国に平らげられた。互いに争ってばかりいた七つの国が、遂に危機感を覚えて手を結び、帝国に対抗しようとしたのが十年目。

前線に急いだ皇帝は罠に嵌められた。敵を深追いし、軍営に火を放たれた。皇帝の行方はわからなくなった。その間に、連合軍の主力は都を包囲した。けだものと枕を交わした女を玉座から引きずり下ろせ、とわめいていた。軍旗のように掲げられたのは、腹を切り開かれた、黒い大きな熊の毛皮。篝火に照らし出されたそれを、女帝は見覚えがあるもののようにも、まるで見知らぬもののようにも思った。広い窓からは燃える街が見えた。

夜半、その広い窓を破って飛び込んできたものがあった。熊と見まがうばかり巨大な、銀色の狼……。今宵の空が暗いのは、彼が夜空を翔《かけ》ってくる際、星々をみな掠め取ってきたからではないかと思えるほど、その毛並は輝いていた。

帰ってきたのだ。遠い戦場から、駆けて駆けて、二度と人の形に戻れぬまでに。

見比べてみると、熊の毛皮は微塵も彼には似ていなかった。ただの虚仮脅しだ。

火の粉と金属と硝子とが降る夜を、巨大な狼は女帝を背に乗せてみずからもひとつの火の粉のように流れ、そのあとを大きな灰色の影が――よく見ればそれは、無数の狼の群れなのだった――従《つ》いて、都を抜けていったという。


かつて黄金の都であったそこは、いまでは狼の都と呼ばれている。包囲された女帝が忽然と姿を消してから一年《ひととせ》ののち、繁栄を謳歌していた都をいずこからともなく現れた灰色狼の大群が襲い、一昼夜のうちに無人の地となさしめたのだそうである。

半身に就いて

〈天使総督〉は言った。

――私を牢に入れるがよい。

ついにこのときが来たように総督は思った。

殺人を犯したおぼえはない。しかし館のめぐりに押し寄せた人々の怒号に耳を傾けながら、幼い頃に遭遇した〈ざわめき〉がついに自分を捕えにやって来たと、慄然としたのであった。

総督の地位に就いている間、自分がなにか騙りであるかのような気がしてならなかった。自分はみせかけのまやかしであり、いつかその虚偽が暴かれて、破滅が訪れるという確信に近いものがあった。それゆえ、長く待ち続けた破滅がようやく姿を現したことに、安堵すらしていた。

あの日出会った〈ざわめき〉たちが怪物などでなく、何の変哲もない人間だということは彼にももうわかっていた。自分も彼等と変わらぬ人間だということも。だからこそ怖かった。自分もいつか彼等のようになるかもしれないと恐れていた。

おのれがおぞましい殺人犯であるかもしれぬという考えは、闇の中で探り当てたナイフのようにしっくり来た。おのれの正体はそれであったかと、昼は天使の仮面をつけながら、凶器を手にして夜な夜な街を彷徨い歩いていたのかと――。

しかし、彼が厳重な監視のもとで獄中にある間も、凶行は息《や》まなかった。その結果に誰よりも愕いたは彼自身であったかもしれぬ。彼は釈放され、総督の地位に復した。何の抗弁もせずに大人しく縄についたは、おのれの潔白を証立てんがための、賢明な方策であったと解され、彼の名声はいよいよ高まった。釈然としなかった。

彼は犯人探しを急がせた。その罪を憎む心からではなかった。おのれのものと信じて疑わなかったその罪を背負うなにものかを、おのれの半身のように感じ始めていた。

そしてついに捕えられたのは、総督と瓜二つの顔を持つ青年であった。

蹄に就いて

足の爪がひどく伸びやすくなって、硬く分厚くなり、爪切り鋏では容易に切れないので沓も履けず、いっそ鍛冶用の鑢や鏨《たがね》ではどうかと思案しているうちに、趾《あしのゆび》が退化して、いまではどっしりした鉄床《かなとこ》のようになった爪で立つのが楽になり、歩くと鍛冶場の床に気持ちよく音が響いて、ようやくそれは蹄ではないかと職人に言われて気付いた。蹄鉄なら仕事でいくつも作っていたというのに。

蹄の生えた鍛冶屋の親方は、職人たちによって鍛冶場の屋根裏に匿われた。文書館なり、王や諸侯や総督なり、教団なり、組合《ギルド》なりが、蹄のある人間を徴用しようと目論んでいたからである。蹄のある二本の脚を備えた人間たちは、たしかに便利であった。馬のように速く走ることができて、馬よりも小回りが利き、馬よりも従順だった。〈有蹄〉を密告した者には報奨金が出た。

都《まち》とは違い、邑や荘園の方では有蹄となった家族や友人を匿うのをとうにやめていた。近頃の疫病で人や家畜を大幅に失ってみると、有蹄はもはや貴重な労働力としか見えなくなったのである。かれらはいまでは公然と村の共有物、あるいは領主の所有物となり、家畜と同じ扱いを受けている。

鍛冶屋の親方は病気で寝付いていると、職人たちは隣人たちに説明した。そのうち、図体ばかり大きくて働かない親方を養っていく負担がかれらの肩にのしかかってきた。自分の方が親方に相応しい、という古い不満を燻ぶらせる職人も出てきた。

けれど大きな体を折り曲げて屋根裏部屋に潜んでいるこの鍛冶屋の心を悩ませたのは、そうした事情ではなかった。蹄が妙に騒ぐのである。蹄が絶えず走り出そうとするのである。蹄が床を敲くあの小気味良い音がなつかしくてならない。蹄を伝い骨を伝い、頭の先までを貫くあの振動が慕わしくてならない。堅い地面を踏みしめ、柔らかい泥土を刳《えぐ》って、駆け出したい――どこへ？　どこへ、そんなことは問題ではない、この蹄の連れて行ってくれる限り、どこまでも、いつまでも。黙々と堅実に生きてきた鍛冶屋は、今までこんな心はやりを知らなかった。

ある夜、月が手招いた。屋根裏の細い窓から。彼は背を屈めて梯子を降り、息を潜めて職人たちの寝床の間を通り抜け、人気のない鍛冶場に立った。そして歩き出した、反響する足音が、次へ、次へと誘った。律動は次第次第に速まった。その音楽は、始まる前から未来において完了していた。変えることはできなかった。その譜面の上を誘われるまま踊るほかなかった。畳み掛けるリズム、加速するしらべ、高まる音色、あふれだすよろこび。

はじめて、自分はここにいる、と感じた。そんな大きななりをして、ここにいると感じたためしがなかったなど、彼自身それまで知らなかった。しかし蹄が地を敲き、地が蹄に応え、高らかな響きが空を打ち、骨を震わせ、耳と骨とから入ってくるその音色が頭蓋を満たし、蹄から頭蓋までは一直線に結ばれて、決して遠すぎもせず、近すぎもせず、彼の体軀は大きすぎもせず、小さすぎもせず、鼓動と足音とが手を取り合って、この切れ目のない大地を、鐘と打ち鳴らして、報せる、彼はここにいると、ここに、この地に、この世にいると、全土に告げ知らせる、

その、破滅の鐘の音に向けて、楽の音は一直線に突き進んだのだ。

彼は夜半、街の中心の広場で踊り狂い、あらゆる住人たちの目を覚まさせた。彼は縄もて牽いてゆかれ、〈本の虫〉の乗馬となった。

特別に誂えられた轡《くつわ》と手綱、鞍と鐙《あぶみ》で締め上げられ、笞《むち》で駆り立てられて、彼は〈本の虫〉を背負って走った。彼の岩乗な体軀は、荒くれ者の〈本の虫〉の乗馬に向いていた。道具として隷従する不自由と、全力を解き放って走る自由、あるいは自由の不安と、服従の愉悦が、彼のうちで手を取り合った。

〈本の虫〉の一団は二本脚の馬に跨がり、逃げた写字生の行方を追っていた。人喰い鬼の出る森で行方を見失ってから、かれらは各地に捜索の手を伸ばしていた。罌粟《けし》の群れ咲く曠野に足跡を見つけたのは、長い不毛な探索の末のこと。〈本の虫〉たちは各々の乗馬の腹を蹴り上げて速度を競った。人影ひとつなかった曠野に黄昏が差し迫るころ、ついに小さな女の影が見えた。植木鉢でも運ぶように、両手で大事に抱えている、それが例の贓品《ぞうひん》と見えた。逃避行は楽なものではなかったと見えて、軀は細く足取りは覚束なかった。

この写字生がどうしてこんな無謀な逃避行に出てしまったのかとは、彼は考えなかった。

高価だがひどく嵩張る贓品をどうしてさっさと売り飛ばさなかったのかとも。あるのはただ、腹を蹴られながら誰よりも速く走る快感。

野面を埋め尽くす紅い罌粟の花を、黄昏がいっそうあかく染め上げ、写字生の足が縺れて、紅い罌粟の花の上に転んだ。

……ふいに夜が落ちてきた。夜よりも暗く、星空よりも燦然と輝いて、雪雲よりも重く、稲妻よりも捷《はや》いそれは、地上に立つ彼等を押し拉《ひし》ぎ、引き裂いて、野面に臥す紅いもののひとつに変えた。

彼は傷付き倒れていた。彼の視界を横切る紅い条《すじ》は、眼に流れ込む血だったのか、野面から見上げた暗い罌粟の雲だったのか、それを通して星雲のごときものをぼんやりと眺めていた。ほとんど夢に似ていた。

銀色の狼だった。ひどく巨きな。その背に跨った細い人影が、角のある頭部を抱えた人影を見下ろしてなにか言っている。

（どこへ、とは問うな。われらには、どこから、しかない。落ち延びてゆくところなのだから）

角のある頭部を抱えた人影が答えた。（わたしたちも逃げているのです）

狼の上の人影が答えた。（では乗るがいい）

星雲は飛び去った。夜よりも濃い夜は、末期の水のようにやさしく残酷なまぼろしは去った。かなたへ。そのあとを、無数の狼のやわらかい蹠《あしうら》が踏んでいったような気がする。

複眼に就いて

はるかな辺境、雪を頂いた山々の麓に狼たちは棲みついた。完全に狼の姿をしたものもあれば、人狼たちもいたが、中に人のかたちをしたものが二人いて、一人は亡国の女帝、一人は老女の頭部を抱いた旅人である。

山には複眼を持つ人々が暮らしていた。片眼あるいは両眼が複眼であり、頭の側面についた巨大なそれはカットされた宝石のような多面体で、石鹼玉のような七色の輝きを放っていた。

狼たちははじめのうちかれらと交渉を持たず、元写字生の旅人だけが老女の頭部とともにかれらのもとを訪れた。旅人は内気であったが、老女の頭部が血を通して言うべき言葉を耳打ちしてくれた。

かれらは何代も以前には平地に住んでいたそうである。平地のその村では、時折複眼を持つ子供が生まれたが、かれらはものが見えすぎるので厭われ、村外れの小屋に隔離されたり、屋敷の奥深くに閉じ込められたりしていた。あるとき一人の複眼を持つものが幽閉された仲間たちを連れ出して、ひそかに村を出て行き、長い旅のはてにこの山の上に居を定めた。それ以来、かれらの小さな聚落《しゅうらく》では複眼を持つものだけが生まれるという。その年は冬が厳しく、野獣たちが複眼者の聚落にも迫って来ていた。旅人と老女の頭部が狼たちの女帝に相談すると、狼たちが聚落のまわりを巡って野獣たちを遠ざけた。

複眼を持つものたちは、狼たちと女帝に恩返しを申し出た。老女の頭部がよい案を思いついた。そしてある夜、一頭の狼が複眼の女を乗せて旅立った。幾夜も幾夜も駆けたのち、かれらが辿り着いたのは黄金の都、かつて女帝が治めていた都である。狼は人目につかぬ城外に身を隠した。複眼である左眼を深くかぶった頭巾に隠して都へ足を踏み入れた女は、その一瞥のうちに多くのことを見て取った。単眼のものにはわからぬ多くのことを。

こうした偵察は密かに繰り返された。そして都落ちから一年ののち、繁栄を謳歌していた黄金の都を突如として狼の大群が襲い、一昼夜のうちに無人の地となさしめた。その地は狼の都となり、複眼の者たちもそこに移り住み、やがて複眼の者たちにも毛皮が生え始め、狼たちにも複眼が生じ始めた。

蔓に就いて

地下水路を通って植物サーカスがやって来た。何艘も数珠つなぎにした舟に樹々をいっぱいに載せ、暗い水面を滑ってくるさまは、移動する森といったところ。船首や舷に掲げられた琥珀色の灯が、夜の森を渡っていく月のように、水面の裏側から従いてくる。水の中にさかしまに伸びる森は、水の浅いところでは、揺蕩う水草と先端を絡めあって――と見えるもまぼろしか、この幽かな灯りで、冥い水の中がほんとうに透かし見えるものかどうか、確かめようと舷《ふなべり》からあまり身を乗り出せば、きっと繊《ほそ》い髪を水草となして靡かせる、水底のわすれもののひとつになってしまう。

しばらく見なかったなと検問所の役人が声をかけると、こう通行税が上がったんじゃ商売上がったりよと座長は渋い顔をしてみせたが、興行が始まれば役人たちもこぞって見物に来ることは承知していた。停泊所に舟を繋いで、大小さまざまの植木鉢を地上に運び出し、今度はどんな木を仕入れてきたんだいと興味津々の役人に、初日まで待つんだなとにやりと笑って、噛んでいた草の葉を冥い汀に吐き捨てた。

街外れの空き地に天幕が張られ、その中に森ができる。曲樹団《サーカス》が来たという知らせが街中に行き渡る。興行の初日には、大人も子供も天幕に詰めかける。

この詩人も例外ではなかった。何十年も昔の幼い日に一度だけ目にした公演の記憶が心をざわめかせ、居ても立ってもいられない気持ちにさせる。何度も夢に見た。期待と驚きと興奮と――ひそけき恐怖。


昼の天幕は森閑として、張り番らしき少年が一人、立ち並ぶ樹々の世話をしているほかは人影もなく、その少年もどことなく植物的で、詩人が入って来ても振り向きもしない。

象の鼻のように太い蔓を持ち、その名も巨象樹と呼ばれる樹は、昨夜その鼻で小さな花を摘み上げてみせ、あるいは林檎でお手玉をしてみせ、あるいは水一滴も零さずに水盤を持ち上げ、あるいは踊り子たちをびっしりと乗せてその上で曲芸をさせ、あるいはぶらんこ乗りを放り投げては受け止めたことなど今日は忘れたかのように、蔓を重たげに地面に垂れて眠っている。

鞭と肉で野獣を操るように、植物サーカスの座長は火と水で植物を手懐けた。松明を近づけると樹は怯えて身を縮め、曲芸が成功したおりにはきららかに照らし出された噴水が樹を喜びの身震いに誘った。

少年は樹々に水を飲ませ、根元に肥料を埋め、疲れ切った老婆のような樹皮にそっと手を添えている。

昨夜座長の号令とともに、燃え上がる松明のように花開いてみせた樹々は――一度の合図で全身の蕾をいっせいに咲かせるもの、白銀の花が裾から梢まで上り詰めるように咲いていくもの、一本の樹の右半身は茜色、左半身は瑠璃色と咲き分けてみせるもの、そして舞台が花の森となると、花々は見物席に向かっていっせいに散りかかり、天幕の内は甘い匂いに包まれ、見物客は争って花を拾い、あるいは髪に飾りあるいは懐に収めた――、いまはぐったりと萎れている。咲くことは植物から多大な生命力を奪う。一回の興行期間に二度この芸をさせると樹は枯れてしまうという。

少年は長い梯子に登り、花が散ったあとの花殻を小さな銀の鋏でひとつひとつ切っていく。実ることは咲くこと以上に多大な力を要求する。ひとつ実をつければ、疲弊した樹々は役目を終えたと思って生きるのを諦めてしまう。

幹に枝に穴を穿たれ、一本で何十もの木管楽器の役割をしていた〈うたう樹々〉も、いまは黙り込み、ときおり寝息のような、あるいは喘鳴のようなかすかな音を漏らすのみ。〈未来を占う樹〉として、長い蔓を伸ばし問いに対する答えの書かれたカードを選び取ってみせた樹も、知ることに疲れた様子でねむっている。

摘み取った花殻を、取り除いた病葉を、剪定した枝を、少年は焚火にそっと投げ入れる。焚火は樹々を怯えさせないよう、注意深く石で囲んで樹々から遠ざけられている。

不思議な樹々だ。君は怖くないのかい？

詩人は少年に話しかける。

前口上で座長は、こんな樹ばかり生えている〈不思議な植物の島〉の話をしていたが、そんな場所が実在するものだろうか。太陽がふたつあり、水は下から上に流れ、樹々が巨人のように地上を歩いている島。君も行ったことがあるのかい？　それとも、座長が樹々を仕入れてくるほんとうの場所を君は知っているのかい？

少年は黙々と植物の世話を続けている。

昨夜の興行は素晴しかった。植物サーカスの出し物は、子供のときに一度だけ見たことがある。強烈な思い出になった。幼かったせいかとも思っていたが、年を取って再び見ても、思い出が裏切られはしなかった。

こうした興行が熱狂的に受け入れられるのはなぜだと思う？　無論君たちは素晴しい、それにはまったく異論がない。しかし私は思うのだ、我々がもし樹々に対する恐怖の念を持っていなかったら、こうも熱狂するだろうかと。我々は森に囲まれて生きる存在だ。広大な樹々の海になかば溺れるみたいに、ぽつんぽつんと人の住む邑や街があって、呑み込まれてしまわないように必死で自分たちを守っている。一歩足を踏み出したら、そこはもう狼や人喰い鬼の領域だから、一生懸命地下水路を掘って、光の差さない隧道を細々と行き来する。地下水路の行き止まりのその先には行けない。昏い森に怯えて生きる我々には、だから、樹々が腰を屈めて人間の命令に服する様が愉快でならないのだ。子供の頃に興行を見た帰り、叔父や叔母や――それが私の育ての親なんだが――幼い従弟や、隣人たちの満足しきった様子を見て、漠然とそんなことを思った。

だが私自身が感じたのは満足とは少し違っていてね——私も皆同様、否それ以上に夢中になり、何十年経ったいまでもあのときの記憶が鮮やかに焼き付いているくらいだ。でも私は、それと同時に、怖かった。あまりにも——人間らしい気がしてね、植物たちの仕草が。まるで、植物たちが人間の猿真似をさせられているのではなくて、むしろ——

大人になるとすぐ、彼はこのあたり一帯を管理している文書館に出向いて、詩人の鑑札を受けた。しかし彼のもらったのは、文書館に登録されている詩だけを、それも公認された詩だけを唄うことが許される黄色い鑑札で、文書館のどんな書物に収められた詩でも唄うことができる赤い鑑札や、後で文書館に届け出さえすればみずから新たな詩を詠うことも許される青い鑑札ではなかった。

公認された詩の中には、花の美しさや森の危険を詠うものは数あれど、植物と化する恐怖をめぐるものはひとつも見当たらず、彼はみずからをうたう樹々のように感じた。空洞を穿たれて無理矢理に歌わされ、みずからの言葉を声にすることはかなわぬ樹々。

その後、繰り返し同じ夢を見るようになったんだよ。私の肩の先から急に植物の蔓が噴き出してきてね、見る間に緑の葉で覆われる。びっくりしてそれを掴もうとしたが、腕がない。蔓に取って代わられてしまっているんだね。足は根が生えたように動かない——根が生えているんだろうけど、見下ろすこともできない。瞼や唇がざらついた樹皮に変わっていって、重たくて開けない。全身がどんどん堅いものに覆われていく。悲鳴を上げようとしても、ざわざわいう音しか出なかった。

いつの間にかサーカスの舞台に立っていて、叔父や叔母や従弟が、観客席に座って興味津々でこっちを見つめている。僕だよ、僕はここにいるって叫びたいんだけど、声の出し方が思い出せない。サーカスの座長がおそろしいにやにや笑いを浮かべて松明の火を僕に押し付けようとする。僕はほんのわずかに残った軀の自由を振り絞って、しゅうしゅう言う火から顔を背けるけれど、その自由もいつか完全になくなってしまうだろうこと、そのときはきっと焚き付けにでもされてしまうだろうことが、僕にはわかっているんだ。

君は、植物に似ているね。座長は君のような子供たちを攫ってきて、魔法をかけて植物に仕立て上げようとしているんじゃないのかい？　ここの植物たちは、ほんとうは曲樹団への復讐の機会を虎視眈々と狙っているんじゃなかろうか。

少年は何も言わない。聞いてすらいない。なぜなら詩人は話さなかったからだ。声に出しては、一言も。少年にこうやって話しかけようと、頭の中ですっかり話を組み立ててしまいながら、実際に声を掛けることができずにいるうちに、話しかけたところで少年は一言も答えないだろう、それならば話しかけないも同じことであり、だとすればいまこうしているのも少年と会話しているのと同じことだ、という確信が深まっていった。

そしてまた、少年も声にならない会話を、聴いているともいないともつかぬ者を相手に試み続けているのではないかと彼は思い始めていた。樹々の世話をするときの様子が、彼にそう感じさせた。

天幕を出ていこうとして最後に振り返ったとき、少年がはじめて詩人に向き直った。天幕を透かす陽射しが少年の眼を硝子のように透き徹らせ、胸元に挿した金色のペン先をきらめかせた。

それを見たとき僕は、自分が明日もここに来るだろうことを知った。


興行は連夜大入り満員で、観客は夜ごと熱狂を増し、十三夜めに座長の息子のぶらんこ乗りは巨象樹の蔓に今までのどんな夜よりも高く放り上げられ天幕を突き破って満天の星空へと墜落し、うたう樹々が座長の松明に強く息を吹きかけると松明は赫々と炎えあがって座長に擁《だ》きついた。樹々は甘い匂いのする花を見物席に散らした。中年の詩人が全身の血を失った遺体として発見されたのは曲樹団の一行の去ったあとで、鑑札がなければ身元すら不明のままになるところだった。

金のペン先

曲樹団《サーカス》の一座は迷信深い人々であった。座長はある夜、枝占いによって、一日が終わるまでにおのれの宿命に出会うことを告げられた。だが深夜はもう目前であった。おまえさん耄碌して枝を読み誤ったんじゃないかね——と占い師の老婆を冷やかしながら、用足しに甲板へ出たとき、桟橋に見知らぬ子供が立っているのを見出して座長はぎょっとした。地下水路の波止場とは、浮浪児が潜り込むにしても奇妙な場所だった。子供は停泊所の灯りに濡れそぼち、呆然と立ち尽くしていた。幽霊でも見たように凍りついた座長を、遠い地上から聞こえてくる深夜の鐘の音が引き戻した。そこで座長はこの子供をみずからの宿命として受け容れた。何の芸もない少年を曲樹団の一座が拾ったのはこうしたわけであった。

子供は唖者だと思われていた。口を利くこともなく、芸人たちの言葉を理解しようとする様子も見せなかった。それでも、あるいはそれゆえに、座長はみずからの宿命を可愛がった。

〈いつしか昼の星の〉は渇いていた。

静寂《しじま》の中にひとり取り残された幼い日からずっと飢えていた。

ひとり旅立った少年は、旅人と老女の頭部に語りかけながら進んだ。

（見たこともない花が咲いているよ）

（どんな花？）

旅人が問う。

（血のように紅くて――掌のように大きい――それが、幹の真っ白な樹に咲いている。樹がすっぽりかぶった派手な帽子みたいだ）

（葉は？）

（葉っぱは一枚もない。花ばっかりだ）

（そんな花は見たことがない）

（わたしの故郷の花だ）老女の頭部が言う。（限られたところにしか咲かないと聞くよ）

（どういうところ？）

（ある特別な蝶が飛んでくるところさ）

（どんな蝶？）

（血のように紅い蝶さ。よく見ていて御覧、花の散るところを。ただの葩《はなびら》として地に落ちていくものと、蝶になって飛んでいくものがあるから）

（この街の人たちはみんな、月と星の刺繍の入った服を着ている）と少年はまた報告する。

（紺瑠璃の地に、銀の糸で月と星が刺繍された、同じ服を）

そして夜になると少年は告げる。

（日が暮れたのに、空には月も星も見えない）

（曇っているの？）

（そうは見えないよ。空はまっさらな紺色をしている）

その街にいる間、少年は毎晩空を見上げて念う。

（今宵も月も星もないよ）

（その街の人たちは、月も星も自分たちの服に使い果たしてしまったのかもしれないね）

旅人の思いが聞こえる。

（本で読んだことがある）老女の頭部の心が聞こえる。（月と星の光を紡いで糸にして、服に刺繍する技を持つ人々のことを。その街の人のことだったのかもしれない）

また先へ進み、少年は思う。

（この街には人がひとりもいない。真っ白な兎ばかりが、家やお店や講堂を埋め尽くしているよ）

（住人たちがみな兎になってしまったのだろうか）

しかし先へ先へと進むうちに、二人の声はかそけくなり、少年の呼びかけに答えないことも増えた。

（ねえ、どうしたの、最近なんだか声が小さいよ。病気なの？）

（わたしたちにも……〈いつしか昼の星の〉の声が……かそけく聴こえる……）

（……血だね）

（血？）

（……薄まったのさ……）

（そう……）

（生きている者の軀の中では……日々新しい血が造られて……）

（何て言ったの？）

（血は生まれ変わるんだよ……）

（何て言ったの？　ねえ、これは治るんだね？　ずっとこのままじゃないね？）

そしてある日、風に運ばれた蝶の羽ばたきのような声がこう囁き交わした。

（……んぜんに……聴こ……ってしまったね……）

（……でよかったのさ……）

（……のためには……）

（ねえ、聴こえないの？　〈いつしか昼の星の〉はここにいるよ。聴いているよ……）

それきり、声はもう聞こえなかった。

思念《おもい》と詞《ことば》とを乳として彼は育った。世界は張り巡らされたやわらかな網であり、網の目のひとつである彼の上を、おのれのものと他者《ひと》のものとの区別のないささやきが渡っていった。彼と写字生と老女の頭部とからなるこの網が、世界全体をも覆っているものと、生きるとはみずからの思考を他者のそれと溶け合わせることであると、信じて疑わなかった。だからただふたりの友人である、写字生と老女の頭部のもとを離れることを一切恐れなかったのだが、ふたりの旅人にはそれがわからなかった。彼女たちは孤独を知っていた。互いに出会う前の長い長い孤独を知っていた。だから、孤独を知らぬ者の世界を想像できなかった。孤独を想像できない者をこれから襲う凄絶な孤独について、あらかじめ警告してやることができなかった。あまりに近すぎて見落とすものがこの世にはある。ふたりは、ことに老女の頭部は、別れに対する〈いつしか昼の星の〉の淡白さを、自身のもといた世界において当然であったような、子供の成長のあかしと受け止めた。

気付くと〈いつしか昼の星の〉は、卵を内から眺めたようなつるりとした小部屋にいた。何もない、扉もなければ窓もなく、壁に接ぎ目ひとつない部屋で、〈いつしか昼の星の〉はひとりだった。写字生も老女の頭部もかたわらにいなかった。かたときも離れずともにあるのではなかったのか。自分の手足のように、生まれたときからあって、目を向けずともあるとわかっていたものがなかった。しずかだった。静寂を彼は生まれて初めて知った。みずからの呼吸や鼓動の音に等しかった声を、引き剝がされ奪い去られて、彼は真の静寂のなかに立っていた。

どこにいるの？

かれは囁いた。するとふいに耳許で聞き馴れぬ声が立った。——どこにいるの？

上から、下から、背後から、いくつもの声が――うつろな声が、揶揄《からか》うような声が、頼りなげな声が――同じひとつの声が囁いた。どこにいるの？　どこにいるの？　どこにいるの？

ここはどこ？

怯えてかれはつぶやいた。

声は何倍にもなって返ってきた。ここはどこ？　ここはどこ？　ここはどこ？

どこに行ってしまったの！

かれはついに声を張り上げ、拳で壁を叩いた。

どこにどこに行ってどこに、しまったのしまったの行ってしまったの……行ってしまったの……

行ってしまったの……

かれ自身の声の谺が空を領して耳を聾せんばかり、そのほかには何ひとつ聞こえない。誰の声も、何の音もその部屋の厚い壁を抜けては来なかったし、彼の声も誰にも届かなかった。決して。

そのときからずっと、彼はその部屋にいる。

防波堤に押し寄せては追い返されていく波のように、少年の内なることばは決して岸を侵さなかった。ことばが胸に開いたその瞬間に相手に伝わらないことが、かれには理解できなかった。かれには目の前をよぎっていく月白の蝶のように、野を埋め尽くす紅い雛罌粟のようにはっきりと見えているのに、他の誰にもそれは見えないらしかった。黙って同じものを眺めながら佇むことも、ほらあれ、と指差してみせることもできないらしかった。

人々の声が少年には聞こえなかった。かれらはよくしゃべった。大声を上げた。歌った。芝居をした。けれどその実かれらは岩のように沈黙していた。少年には、旅芸人も見物人たちも、皮を張った太鼓のようなもので、叩けば響くが中身は空っぽなのではないかと思えてならなかった。

口が利けぬのではなく、しかし漸く口を開いたとき、かれはみずからの声のあまりの喧《けたたま》しさに——実際には、ほとんど使われなかったその声は聞こえるか聞こえぬかの掠れ声でしかなかったのだが——愕いて口を噤んだ。野に咲く花を真似て描いた稚い絵が、ほんものの花を塗り潰してしまったかのようだった。内側に響いていたほんとうの声、ほんとうの言葉が、喉から響く声に掻き消されてわからなくなった。

あるとき、座長がリュートを奏でていると、弦が切れて指を傷付けた。いつものように座長のかたわらに座っていた〈宿命〉は、そのときついと手を伸ばして、楽器の胴に落ちた血の雫を指先で拭うと、それを舐め取った。

その瞬間、〈宿命〉の眼から一滴の涙がこぼれた。

かつてのように相手の声が血の中に響いてくることはなかった。それでも幼い日の経験が少年の血管を鋭敏にしていた。血が身体に入るや、少年の全身を小さな火花が駆けめぐった。それで充分だった。思考の中身まではわからなくても、思考がそこにあるということだけはわかった。少年はようやく人間にめぐり会った。うつろな太鼓ではない人間に。

座長は少しばかり呆気に取られて、それでもおもしろそうに、

――おまえ、血が好物なのか。

と聞いた。少年はみずからの感動を言い表すすべがなくて、ただ黙って頷いた。

通行税がはね上がって一座が困窮し始めたときも、興行中の事故で座長の息子が行方不明になり、座長が大火傷を負ったときも、火傷のためというよりは恐怖のために座長が舞台に立てなくなったときも、座長が酒浸りになり始めたときも、役立たずの座長を鉱山の街に置いて一座が発ってしまったときも、〈宿命〉は座長とともにいた。一座を失った座長の酒癖がますます悪くなり、酒場に入り浸っていかさま博打をしては喧嘩をふっかけ、とうとう喧嘩相手に刺され、血を流しながらなんとか宿に帰り着く仕儀となったときも、〈宿命〉がそのよろめく歩みを支えた。

〈宿命〉もはじめは敷布を裂いて包帯を作り、傷の手当てをしようとした。しかし手にべっとりついたものを思わず舐めてしまうと、もうこらえることができなかった。その血は、惨めさと自棄とむざんな自尊心と、肉体の苦痛とで煮詰まっていた。思考の存在を確認しただけのかつての時とは違って、いまの座長の血はあまりにくきやかに感情を伝えていた。

それでいながら、幼い日の幸福にはまだあまりにも遠かった。飲んでも飲んでも満ち足りることがないほどには。

座長の血の中で、苦痛が他を圧して高まっていき、暁闇《あかときやみ》の頃、波が退くように引いていった。惨めさや自棄を道連れにして。波打ち際には穏やかな諦念と受容が残された。

やはりおまえが、俺の〈宿命〉だったんだな。間違いなかった。

潮騒の中に、その言葉だけが聞き取れた。そして間もなく、砂浜も海ももろともに薄れて消えていった。座長は、かつてそうではないかと〈宿命〉が疑っていたような、思考も感情も持たない沈黙と化していた。今度こそは正真正銘。

いつかふたたび、旅人と老女の頭部にめぐりあうことができたとしても、と〈金のペン先〉は思った。僕はもうあのひとたちの血を頒けてもらい、あのひとたちの語らいのなかに戻ってゆくことはできない、と。

あのやさしいしずかな友人たちとわかちあうには、僕はもう、あまりに血腥い道を歩いてきてしまった、と。

II

嘴に就いて

旅役者の一座は鳥の頭をしていた。つややかな黒い羽毛に包まれた頭に、横に付いた小さな黒い眼。黒光りする嘴を開くと、があがあと嗄れた声が流れ出た。

何でも、感染者ばかりの街で芝居をやったそうである。集ってきた見物人は、大人も子供も老人も、大人の腕に抱かれた赤子まで、みな一様に鳥の頭をしていたという。大入り満員の劇場で芝居を披露すると、鳥頭の観客たちは嘴を開いて嗄れた声で喝采した。その街を出てしばらくして、かれらの顔にも嘴が伸び始めた。

という次第をかれらは言葉で説明したのではない。かれらの嘴は鴉めいた鳴き声を上げるばかりで、鳥ならぬこの街の住人たちには何を言っているかもうわからなかった。かれらはまた字が書けなかったし、街の住人の方にも読める者は少ない。しかしかれらには芝居があった。鳥の仮面を着けたような役者たちの、台詞のない芝居は、張りぼての舞台上にまぼろしの城を出現せしめ、観る者の眼に色鮮やかな物語を伝えたのである。

かれらは各地を巡って、眼にしたり耳にしたりした流行病の物語を芝居にしていた。曰く、

少女たちに尾が生える話。

くちなわに手足が生えた話。
軀から百合の香りを放つ娘。
鰭の生えたオアシス都市の住人たち。
体内に真珠を生じる少女たち。

尾に就いて

乳白色の木の葉が傾きかけた秋の陽に染められながら舞い散る下を、少女たちが笑い声を上げ、駆け回って遊んでいた。イオはそれを、外廊を渡りながら、庭へと開いたアーチ越しに横目で眺めただけだったのだが、あることに気付いてあっと思った。糊のきいたスカートと品よく結われた髪を乱して走り回っている少女たちの、その誰もが、黄金色の穂のような尻尾を背後に曳いていた。尻尾は黄金色の陽に透けて、独自の生命を持つもののようにふわりふわりと揺れていた。

その景色に気を取られて、イオは学寮長への挨拶のときも上の空だった。学寮長が何か説明してくれるのかと待っていると、学院での生活と教師としての業務についての通り一遍の話で終わりそうになり、おずおずと口にしたのが、

——あの、生徒たち、尻尾が……

という台詞であったが、学寮長はやれやれと言いたげに頭《かぶり》を振って、

——あの年頃の娘たちときたら、いつでも何か新しい悪戯を思いつくんですから。すぐ飽きますでしょう。

と言っただけであった。

学院は文書館の塀の内側にあった。ここでは文書館がひとつの街に等しかった。分館や書庫を連ねて広大であった。

そうした文書館では、写字生のような卑しい身分の者だけでなく、司書階級の者の数も多く、彼等の子女を教育するための学院が敷地内に作られたのも自然な成行きであった。子女といっても、司書の身分を継ぐべき少年たちとは違い、少女たちには学と名の付くものは何であれ必要ないと考えられていた。

だから、少女たちは少女たちのための学院で、行儀作法を教わったり最低限の読み書きを教えられたりしながら暮らしている。イオは申し訳程度の教科を教えるためにここへやって来た。


少女たちは尻尾に飽きはしなかった。誰も真面目に耳を傾けない授業の間、教師のイオでさえも、眠たげに揺れる少女たちの尻尾の方にむしろ気を取られていた。ふっくらと広がる紡錘形の尻尾は、少女たちの頭くらいの高さまで立ち上がって、ゆらゆらと揺れていた。その動きで少女たちの退屈の度合いがわかった。まるでイオに催眠術をかけようとしているかのように、尻尾はやわらかく、まねくように揺れた。

少女たちにそれぞれ個性があるように、尻尾にもそれぞれ違いがあるということが段々わかってきた。口数の少ない、一人で過ごすのが好きらしい少女が、小柄な躰に似合わず一番豊かなふさふさした尾を持っていた。いつも数人の少女を引き連れている、悪戯好きの華やかな少女は、意外にほっそりした白に近い尻尾を持っていて、心中それを気にしているようでもあった。おっとりとした少女の閑雅なほほえみを裏切って、その背でせわしなく動く金茶の尻尾。優等生の少女をいつも何かから庇うように、躰の前に回ってくる山吹色の尻尾。自信なげな少女が人目を忍んで、愛おしむように撫でている白銀の尻尾。そそっかしい少女に似合いのぼさぼさの尻尾。反抗的な少女がいつも枕にしている赤朽葉色の尻尾。そっぽを向きあった二人の少女が、椅子の後ろでひそやかに触れ合わせている、飴色と辛子色の尻尾。

イオは次第に尻尾だけで少女たちを見分けられるようになった。ふわふわとふくらむ尻尾に気を取られて、少女たちの顔や名前の方がおろそかになっている、というだけのことかもしれなかった。

行儀作法やクラヴィコードやダンスの教師たちがこの尻尾のことをどう思っているのか聞き出す機会はなかった。イオはたやすく打ち解ける方ではなかった。ただ、まれにしか姿を見せない学寮長は、廊下などで少女たちとすれ違うと、厳しい中にも優しさのある声音で「お嬢さんたち、身だしなみを正しなさい」と口癖のように訓示を垂れ、そうすると少女たちはあの大きな尻尾をいったいどうやってか、くるくると丸めてスカートの下に隠すのだった。

仕事の手を止めて高い窓から見下ろすと、イオが初めてやって来た日と同じように、少女たちは庭で遊び戯れていた。いまにも転びそうなほど低く身を屈めて走る少女たち、どの少女の後ろにも、大きな尻尾が風船のように浮かんで、それが少女たちのためにバランスを取っているように見える。秋の光に染められて、少女たちの膚は金色の産毛を纏っているかのように輝いた。

庭を囲む生牆《いけがき》は高く、この高い窓からだけ、少女たちには見えないその外の世界が覗けた。秋の畑に、樹の花の綿が飛んでいた。その景色のふちに、森を意味する紅の線が引かれていた。

再び庭に視線を落としたとき、少女たちの膚は顔といわず腕といわず、ほんとうに金色の毛に覆われている、ように見えた。

シタールの弦のような細い髭が少女たちの頬に生えだしたときも、イオは彼女たちの新手の悪戯のひとつだと思うことにした。髭はそれにしても彼女たちによく似合っていて、イオは髭のない少女など想像もできなくなったほどだった。ぴんと伸びた髭、不機嫌そうに垂れた髭、くるんと丸まった髭、落ち着きのない髭、長い髭、短い髭、すぐに他の髭に触れたがる髭……。

少女たちの顔が毛に覆われていくのも、自然な成行きと思えた。それぞれに尻尾と同じ色の、白銀から、赤朽葉色から、飴色から、金糸雀色から、つまりは金色のありとあらゆるヴァリエーションの、ふさふさとやわらかそうな毛が生えた。少女たちの鼻梁は長く伸びて、三角の耳がやわらかそうに頭上に立ち、眼は毛深い顔の中で黒くきらめいた。

イオはそれでも少女たちを尻尾で見分けることができたが、見分けてどうするのか、段々わからなくなってきた。それらは、読めない記号の書かれた、何にも紐付けられていない札のようだった。

金色の尻尾がゆれて、なにもかももやもやと見分けのつかない教室で、イオはあの秋の野のことを思った。大人になってしまったイオの背より丈高い、金色の植物が視界を埋めているであろうあの秋の野、紅の森の縁取りを持つ外界のことを、しかしほんとうは縁取りなどなく広がっている世界のことを。

いったいいくつの秋を、あるいはどれほど長いひとつの秋を、この学寮で過ごしたのかイオには思い出せなかった。


仕事の手を止めて高い窓から見下ろすと、イオが初めてやって来た日と同じように、少女たちは庭で遊び戯れている。地面に手がつきそうなほど低く身を屈めて走る少女たち、四足で走る少女たち、尻尾を振り立てて跳ね回る、三角の耳を立てて、イオには聞こえない音を聞き、銀糸の髭を震わせて、イオには感じられない風を捉える、黄金色の獣の少女たち、——その数はかつてより減っているようにも思えたが、イオは彼女たちの数を正確に覚えていなかった、けれど尻尾を見分けることはまだできた、つややかな常緑の生牆のあたりで、ひとつの尻尾が藪の陰に消え、そして、出てこなかった、イオはじっと、じっと見つめていた、すると生牆の向こうにちらと見える秋の野を、一匹の小さな獣が、金色に輝きながら跳ねていった……。

秋が終わるころ、学寮にはひとりの少女も残っていなかった。少女たちの母なる、厳格にして寛大な学寮長は、予想に反してイオを叱りはせず、

——あの年頃の娘たちときたら、大人を困らせる手段ならなんでも思いつくんですから。

とぼやいただけだった。

香りに就いて

私は急に腹が減って手近な旅籠屋を探した。友人宅を早々に辞去してきたのは、早くも生えかけてきた鱗が気になってしょうがなかったせいだ。昨日時間をかけてあんなに丁寧に剝がしたのに、額がむずむずすると思ったらすでに芽を出していた。念のため額にカーチフを巻いていたからよかったようなものの。

躰の具合がよくないと告げると医者の不養生と揶揄《からか》われたが、こんな無様なものをどこかの医者に見せるわけにもいかない。それでもこのせいで非社交的になってしまうのならよくないことだと思いながら歩いていると葬列に出会った。狭い路地をふさぐほどに大きな、翡翠とおぼしき石でできた棺を、白衣の女たちが運んでいく。近頃めずらしい光景だった。屍体は防腐処理を施して邸内に飾っておくのが近年の流行であったから。

葬列とすれ違うと、頭の芯が痺れるような濃厚な花の香りが漂ってきて、こうした旧式の葬儀に参加した幼い日の記憶が突然蘇った。切り剖かれた曾祖母の躰に香り草を詰めようとすると、詰めたそばから萎れてしまって大人たちが途方に暮れていた。「若い時に世を儚んで、躰だけが生きてこられた方はこうなります」と葬儀屋が言い、それから「よく頑張りましたね」と声を掛けると、遺体は見る間に腐り落ちて、花の強い香りだけが残った。

　あのあと、結局、棺は出したのであったか。花だけを詰めて出したような気もする。あの強靱な曾祖母に、世を儚むような出来事があったとは、私にはあまり信じられない。

　幼い頃から花の濃厚な香りが苦手であったことを、葬列のせいで久しぶりに思い出させられた。有り難いことに花の香りを悦ぶような野蛮な風習は廃れて久しい。年の離れた妹が、生まれつき百合の強い香りを身に纏っていた。部屋二つ分隔たった学習室からでも、香りの濃淡の変化で遊戯室にいる妹の立ち居振る舞いが手に取るように判ったほどだ。残り香によって、妹が半日も前にどの部屋にいたと、言い当てることもできた。子供だった私は妹に近付くことを頑として拒絶し、乳母たちを困らせたものだったが、一度無理矢理に隣同士に座らせられて嘔吐してからは、彼女たちも匙を投げた。

　棺を運ぶ八人の女はみな白い綾織りの衣に身を包み、白い布の下に髪を隠し、白い紗の顔布で面を覆っていると見えた。それほどまでに特徴を消していれば見分けがつかないのも当然のことであるのに、なぜか、彼女たちは奇妙なほどに似通っている、という感覚に寒気を覚えた。背格好が揃っているのは偶然ではないように思われた。奴隷かもしれない。すなわち〈複製者たち《ラウディア》〉だ。主人に生き写しの奴隷たちは、主人が死ねばともに埋葬される——という風習があるのは、街の北半分に限られるのだが。

　葬列をやり過ごしてから、もうひとつ奇妙なことに気付いた。墓地はここエフィメールの街の西のはずれにある。しかるに葬列は西から来ていたのだ。墓地から死者が帰って行くところか、それとも死者をその家へ迎えに行くところか？

私は身を翻してあとを尾けた。どうせ時間は余っている。深更《よふけ》から始まった夜会が昼まで続く予定だったのを、早々に辞去してきてしまったのだ。こんな時間にすることなど惰眠をむさぼるくらいしかない。そして眠くはない。

葬列は狭い路地ばかりを選んで進んだ。女たちの汚点《しみ》ひとつない長衣《ローブ》の下に覗く、純白の沓に似合わしからぬ路地ばかりを歩いた。彼女らの足は路面からわずかに浮き上がっているのではないか、そうでなければこの塵だらけの路地で、黎明の影のように淡く白いままでいられるはずはない。そう思いながら、私は、みずからもこのような貧しげな路地に心安らぐのを覚えた。おのが躰に起きた変調が、私をいつの間にかそうまで卑屈にしていたのか。

いつしか建物はまばらになり、広々とした坂の道を登っていた。これはエフィメールの北の外れ、謎めいた屋敷を擁する丘のあたりだと見当をつけた。丘の頂上の白い屋敷の前で葬列は止まった。昔風の流行に従って建てられた屋敷で——白いまがいもののウラド石でできたファサードも、糸杉の前庭も、しかし妙にうらぶれて寂れていた。それ自体が古びているというのではない。石が崩れているのでも、糸杉が刈り込まれた形を逸脱しているのでもない。過去にあった屋敷を、長い時を隔てて私が現在から覗いているといった風情だ。私と屋敷の間に、古く黄ばんだ硝子のような時間の層が入り込んで、爾《しか》と見えないのだ。

葬列の女たちは翡翠の棺を下ろし、黙って佇んでいる。待ち受けるというより、召し出すに近い佇み方で。どれくらい待ったのか、数秒か、数年か、ふと空気が変わって、はっとして彼女たちの見遣っている方向を見ると、やはり黎明の影のようなひとりの女がファサードに現れていた。少女めいた形の青灰色のドレスに身を包んだその女は、よく見ると相当に年老いていたにもかかわらず、葬列の女たちにやはり生き写しであった。やはり複製者《ラウディア》なのだ、と私は思った。複製者とその主人、しかし主人だけがなぜか死に損ね、年を取った——。

夢遊病者のように歩み寄るその女に、葬列の先頭の女が自分たちと同じ白い衣を差し出した。年老いた女はするりとドレスを地に落とし、一糸纏わぬ裸になって、白い衣を着た。それから女が翡翠の棺に入り、葬列の女たちがそれを担ぎ上げた。

私はそれから、葬列が再び丘を下り、狭い路地を通り抜け、西へ向かい、城門を抜けて、墓地に辿り着き、そこにぽっかりと口を開けていた大きな穴に、棺が下ろされ、女たちがひとりまたひとりと穴の中に消えていき、最後に一人だけが残って、穴に土をかけるのを見届けた。一人残った女の白い沓、白い裾は、墓場の土で黎《くろ》く汚れた。女が動くたびに花の香りが漂い、私はふと、この女も生まれつき花の香を漂わせる女であったのだろうかと思った。

額がむず痒かった。

私は重い疲労を伴って部屋に帰り着いた。妹はいなかった。

このアパートメントは叔母が遺したものであった。医学を学ぶために市の中心部の大学に入学したとき、大学にほど近いこのアパートメントで暮らしはじめた。何年かして、三番目の妹、すなわち百合の香りのする妹が移ってきた。

妹の香りは私を苛立たせ、学業を妨げた。躰中からものの芽が生え出しそうにむず痒く、喚き声を上げて飛び回りたくなる時期と、頭が締め付けられるように痛んで、身動きも気怠い時期が交互に来た。気が狂いそうだった。妹がそばにいると理性の箍《たが》が吹き飛びそうだった。

緑色の重たい緞帳《カーテン》で光を遮って泥のように眠った。どれくらい眠ったのか、部屋を二つ隔てたところで立て付けの悪い扉を開け閉てする音がして、妹が帰ってきたな、と思ったが、躰が目覚めなかった。近付いてくる百合の濃厚な香りに鼻腔を嬲《なぶ》られながら、妹のやわらかな足音を聴いていた。妹が寝台のそばに立っている気配がする。

金縛りの気怠さは百合の香に似ていた。そこでようやく私は重い寝返りを打って、金縛りから逃れると、妹を見上げた。百合の香りに邪魔されて、妹の顔はいつも、茫漠と白いものとしてしか思い出せない。

「遅かったたな。どこへ行っていた」

すると妹が、茫漠と白い顔の中で口を開いた。

「あら、あたしの匂いがお勉強の邪魔になるって、癲狂院《てんきょう》に入れておしまいになったのは、お兄さまじゃないの」

私は驚いて躰を起こした。妹の顔はほんとうに真っ白い、のっぺらぼうだった。

そこで目が覚めたはずである。

鰭に就いて

白い沙漠に点在するオアシス都市の人々は、むかしから鰭のある軀をしていた。大きさや形や色は人それぞれだが、沙漠一美しいと噂される〈月火《げっか》〉夫人を例に取れば、うなじから始まる、クレーム色の紗のごとき背鰭が、一定の幅をたもって優雅に波打ちながら背筋を下り、腰のところで一気に膨らんで豊かな尾鰭となっていた。尾鰭にはかすかに珊瑚色の筋が入って、その筋の集まる腰のあたりは紅を差したようだ。それから、白い両腕の外側にも、同様の鰭が、肩から指先まで流れていた。オアシスの仕立屋の腕前は、軀を品よく覆いながらも、鰭をいかに美しく露《あらわ》にできるかで決まる。〈月火〉夫人はいつも、羨望の的の尾鰭を裳裾のように曳いていた。

とはいえ、夫人が出歩くことは滅多になかった。彼女はつねに、岩塩でできた白い四角い屋敷の、四角い窓の内側で、美しい尾鰭を夜具のように脚の上に広げ、寝椅子の上に気怠げに横たわっていた。口さがない者たちは、その姿勢が一番鰭を美しく見せるのがわかっているからだと言ったものだったが、彼女の脚が弱いのも事実だった。鰭が豊かであればあるほど脚が弱くなるというのが、たしかに一般的な傾向だった。

鰭の形状が人それぞれである典型例は〈月火〉夫人の一人娘の〈偽火《ぎか》〉であった。彼女は母親に似ず、一枚のぼろ切れのような、申し訳ばかりの鰭を胸元にぶら下げているだけだったから。

沙漠の人々は、水が貴重な財産になるこの地で、どうして鰭が自分たちの身に備わったのかをときおり訝った。鰭の使い途はどこにもなかった。だれも海を見たことがなかった。隊商の者たちの物語を聞いて、ときどきかれらはひどく海に憧れた。

このたび海への思いに憑かれたのは〈月火〉夫人だった。自分はもう長くはないと、寝椅子に横たわりながら夫人は考えた。屋敷は薄暗い涼しさで、外の苛烈な白さから彼女を守っていた。その涼気が、まどろみの中で別のものにすり替わったのだろうか、水の夢を見た。ひたひたと打ち寄せてくる水の夢だった。目を覚ました彼女は窓框《まどがまち》に身を乗り出して、滅多に関心を持つことのない、屋敷の外を眺めた。オアシスの外は月面のように白く炎《も》えて、蜃気楼を湛えていた。それを見て彼女の眼には鹹《しおから》い滴が浮かんだ。

〈月火〉夫人の夫はこのオアシス都市で一番の権力者だった。彼は妻の死期が近いなどとは信じなかったが、美しい夫人の望みは何としてでも叶えてやりたかった。夫人はそれまで何も望んだことがなかったのだから尚更。夫人を輿に乗せて、遠い遠い海へ向かう一隊が結成されたのはそういうわけである。

夜ごとにかれらが移動するとき、沙漠は月の光の下で白く燦めいた。この塩の沙漠がどこまで続くのか、かれらの誰も知らなかった。長い長い旅になった。月が十二度満ちて欠けた。

海へ行けば鰭の使い途が見出せるのではないかという、無邪気といえば無邪気なかれらの希望は、白い渚に辿り着いたとき潰えた。海がかれらのもとを去ったのは遠いむかしのこと、かれらはもはや何を忘れたのかさえ思い出せなかった。かつて海が、塩をあとに残して遠ざかっていったとき、かれらもまた置き去りにされたのだ。

しかし海はひとつの比喩に過ぎず、かれらを置き去りにしていったのは〈月火〉夫人であり、彼女もまた海の比喩に過ぎなかった。

脚に就いて

宦官であったころ、わたくしは〈道楽〉の後宮に仕えておりましたが、〈道楽〉の君はその名に違わず、全土から、ことに先代の〈戦争〉が新たに平らげた辺境という辺境から、珍しい女を集めることに血道を上げておられまして、後宮はまるで標本箱か、獣苑のようなありさまでございました。珍しい女と申しますのは、黒珠山のあたりには、十色の髪を持つ女が棲むと昔から申しますし、千明渓谷の洞窟には、脚が一本で腕が三本ある女たちがおりますとか、それに炎湖に――そのほとりだか水底だかに――棲む女は飲食《おんじき》といって血しか飲まぬとか、そうした噂を耳にされるや、見つけるまで帰ってくるなと仰られて臣下の者を惜しげもなく使いに出されます、使いに出された方も、女の脚を切り落として一本脚の女として連れて来るわ、世にも醜い女を珍種と称して連れて来るわ、ついに帰って来なかった者たちは、命を落としたのか、逃げ出したのか、女たちの魅惑にみずから取り憑かれたのか、さあ、そんな有様でございましたが、内地はそれでもましな方でして、辺境領のあたりときたら、北には全身が金色で、羽毛が生えて、佳い声で歌う女がいると申します、南には全身がつるつると滑らかでひんやりして、卵を産む女がいると申します、東には繭ごもりをする女、西には一年しか生きぬ女、それからそれからと、土民たちの申すことですから道理のあるはずもございませんに、それを真に受けなさって女探しに軍隊を遣るのでございますよ。

後宮はわたくしのおりました間にも、見る間にいっぱいになりまして、それが、〈道楽〉の君は珍しい女を求めるあまり、人間と動物の境を、あるいは生あるものとないものの境を、見失ってしまわれたとしか思われぬのですよ、北から連れて来られたのは、たしかに等身大ほどもございましたし、ちょっと女に似ていなくもない声で鳴くのですが、わたくしには鳥——としか見えませんで、いえいえ、鳥のような女でも、女のような鳥でもなく、鳥、でございます。巨きな純金の鳥籠に入れられて、陸船に乗せられて都へと、それも羽の紅の濃淡のほかはまるで見分けのつかぬものを三羽も。怪鳥《けちょう》は籠の中で翼をばたつかせ、細い頸をそらしてぎゃっぎゃっと懸命に鳴いておりまして、いっとう色の濃い鳥がいっとう暴れておりましたが、〈道楽〉の君はそれをご覧になって、「なかなか気性の強《こわ》い女と見える。余の側女となる光栄がまだわからぬのだろう」と満足げでおいででした。

それを——その御方を美しくしつらえた、薄桃色の寝台に寝かせ奉り、銀の宝冠や腕環で飾り、紗のお召し物を着せて、飲み物をご所望でないかとか、何くれとなく世話を焼くのがわたくしども宦官のつとめで、あの方はたしかに、お水のほか何もご所望にはならなかったようです。御髪を梳くと、銀朱の羽根が限りもなく落ちて——。

一事が万事、と、申しますか、ほかにも珍しい鳥が数えきれないほどに、翠の眼をした真っ白な女というのは巨大な猫で、一年しか生きぬ透き通る女というのは人間ほどの大きさをした蜉蝣《かげろう》でございまして、人魚と聞きましたのも、ぬるりとした肌の海坊主のような生きもので、そうした御側女がたが、この迷宮の、嵌木細工の箱のようなお部屋にひとりずつ収められて、絹の褥の上に、なにもおわかりにならない眼を見開いて、あるいは顔どお持ちにならず、日がな一日横たわっておられる、あるいは薄桃色の大理石の浴槽にお入り遊ばしたままの方もおられましたが、そんなお暮らしの中である方々はでっぷりと肥え太ってゆかれ、ある方々は痩せ衰えてゆかれるのでございますが、珍しもの好きの〈道楽〉の君は、極端に肥った女か極端に痩せた女をお好みで、夜伽にも興趣が添えられてよいと仰せになったのですわ。蜉蝣の君は、最初の夜に〈道楽〉の君の下敷きになって粉々になってしまわれて、敷布を洗っても洗っても、あの方の形をした染みが消えませんでした、ご存命のときには、頑ななところのまるでない方でしたのに――。

言葉の通じぬのは、異国の出なれば仕様のないことだそうです。宦官の中には、だんだん女主人の言葉がわかるようになったと申す者たちもありまして、怪鳥の御方の爪を――万が一にも殿を傷付けることのないよう――切って差し上げるのは、流血沙汰を覚悟のなかなかに危険なおつとめだったのでございますが、ある宦官は自分に任せ給えと言って、喉から奇妙な、宥めるようにも聞こえなくもない音を出しながら近付いて、手早く見事に爪を切ってしまったのでございます、その一人だけは怪鳥の御方のご機嫌を損じること皆無と言ってよく、この方の故国の言葉を覚えたのだと吹聴しておりましたが、それは〈道楽〉の君に気に入られようがための芝居であったろうと思っております。昔からわたくしにもよくして呉れた、友人と言ってもよいような宦官であっただけに、言葉とも思えぬ言葉で怪鳥と会話の真似事をしているところはいっそう薄気味悪いながめに思えたものでした。

わたくしですか、わたくしの女主人は――くちなわであったと存じます。躰は男子《おのこ》の丈より長く、胴回りも人間ほどで、顔と思しきものはたしかにございました、なまめかしい人間の女の顔が。ですがそれは躰の裏側のあののっぺりした部分にあったのでございまして、普通に言う蛇の頭には、蛇の金色の眼と、裂けた舌を持った口がありました、あったと存じます、が、どうも曖昧でございます。あの女人の顔は、偶然にできた模様に過ぎぬとわたくしは思うのです、なれど、その模様の側を見せて絹の褥に横たわっておられるところは、手足のない女人がごろりと横になっておられるようで、その様子もしどけなく、お顔は――頸もおありでないのにたいへん妖艶でおいでになって、金粉を刷いたような瞼は、つねに眠たげに腫れぼったく、おん唇は牡丹色に色づいてございました。躰の裏側は白く、表側は翠色の鱗にびっしりと覆われて、後宮のほのぐらい灯りを捉えてめまぐるしく煌めき、いえ、あれは翠玉《エメラルド》と金剛石《ダイヤモンド》を惜しみなくつらねた上衣、それを肩からおかけになっていたのは、凝脂もしろき裸形だったのでございましょうか、わたくしの記憶はどうも曖昧でございます。

記憶といえば、わたくしがいつから後宮に仕えていたのかもさだかではございません。あるとき〈道楽〉の君が、後宮の中心の大広間をお見渡しになって仰ることには、どうもここには宦官が多すぎる、なにゆえにこれほどの宦官が必要なのだ、と。そうは仰いますが、わが君、とわたくしどもは声を合わせて答えました、わたくしどもはみなひとりひとり選ばれてこの後宮に仕えることとなった身、後宮の中で勝手に殖えたとでも思し召されますか、宦官ともあろうわたくしどもが。すると〈道楽〉の君がもう一度あたりをお見渡しになって仰ることには、それにしても女たちの数がこの頃少ないような気がするが、伝染病でもあったのか、と。何を仰いますか、わが君、とわたくしどもの一人が答えました、お姿を見ないと殿が思し召す御側女は、殿がお訪ね遊ばさないだけなのでございますよ、綺羅星のごとき女人方を、次から次とお見限りになって、お嬪《ひめ》さま方は殿のおいでが絶えたと言っては嘆いておられますのに、非道いお方でございます。すると〈道楽〉の君は満更でもないお顔をなさって、それからふとわたくしの顔に目をお止めになると、宦官なるものは男であるか女であるか、と戯れに仰いました。男でもなし女でもなしというのは、化物みたようなものだな、しかしそこの宦官、そちはちっとばかり見られる顔をしておるではないか、側女たちの中に入っても通りそうじゃ、とみだりがわしい笑い声をお上げになるので、わたくしは背筋の凍りつくような思いをいたしました。

たしかにわたくしは男ではございません、ですがそれは宮刑によるものでもなければ自宮によるものでもなく、強いて申せば女だからなのでございます。これがわたくしのひた隠しにする秘密でございました。そして宦官たちの——。

わたくしは女主人たる大蛇《おろち》の君のもとに走って泣き伏し、おのが秘密を打ち明けて庇護をお願い申し上げました、そしてその白いお腹の上に描かれた、ちらとも表情の動かぬ、耳のないお顔の、牡丹色の唇に接吻いたしました。ひいやりとした接吻でございました。

そのときわたくしは率然と思い出したのでございます、かつてわたくしもこのように、手足のないなにものかだったと——。わたくしもかつては、翠玉と金剛石に身を鎧《よろ》ったくちなわでございました、そのはずでございます。脚が生え、宦官として務めはじめたころも、まだ両の腕はなかったのを覚えております、そのとき思い出しました。両の腕がなくて苦労したという覚えはございません、ひとつにはほかの宦官たちが何くれとなく世話を焼き、さりげなく庇ってくれたからで、なぜかと申せば、みなはじめはそうだったから——。わたくしたち後宮の女は、公然と後宮を出ていくことこそ叶わね、徐々に人間のかたちをとって、ひそやかに宦官に成り代わっていたのでございます、ええ、ひとりのこらず。

〈道楽〉の君はそうするうちにご懐妊になりました、女たちを身籠らせることにばかりかかりきりになって、自分が孕むなどとは考えもしなかったなんて、男っておかしなこと、そのお子は〈死〉と言いますの、目鼻のない、真っ黒で真っ白な赤子がお腹の中ですくすくとお育ちになって、ああうれしいこと、あのいやらしいおじいさんが破裂して死んでしまうなんて——。

真珠に就いて

「飲み込んだものがすべて真珠になるようだ」

と父は申しました。「お痩せになりましたね」という挨拶への返事でした。

ご存知の通り、貝は異物の侵入を受けるとみずからの分泌物で覆って真珠にしてしまいます。父の身体はいつの頃からか、すべてを異物として認識するようになっていたようです。それで食事をしても一切父の栄養にはならず、真珠ばかりが生成されるのだそうです。すべてが異物であるのは、父がもうこの世の人ではなくなりかけているからでしょうか。しかし父がこの世の人でなくなりかけているのは、食事が摂れなくなったからではないのでしょうか。

痩せ細った身体の、そこだけ異様に膨らんだ腹部にかるく手を当てて、「触ると、小さな硬い珠がごろごろ詰まっているのがわかるのだよ」と父は申しました。

肉体という、暗いぬらりとした洞窟の壁に、白く美しい真珠が犇めいている――という光景が、そのときから私の頭を離れなくなりました。つねに謹厳で端整であった父に対してなんだかあまりに不謹慎な想像のようで、そのとき私は顔が熱くなるのを覚えたのでした。

本望、と言いますのか——、まあ、そうかもしれません。あの通りの人ですから、職を退いても貝類の研究を続けておりました。いえ、私はとうに家を出ていましたから、家政婦の福さんから聞いたお話がほとんどですけれど。

研究一筋でした。ただ一人の家族である私に対してもむろん変わりません。幼い私を研究室に伴って、私とさほど年の変わらぬ少女が腹を切り裂かれるのを平気で見せるのですよ。

手術台の上で開腹された生白い少女は、大きな口を開いて笑っているかのようでした。なぜといえば、腹部に縦に開いた傷の中の、赤黒い肉の間には、白く耀く歯のようなものがずらりと並んでいたのですから。

父の部下が手袋をした手を差し入れて取り出すと、それはたしかに真珠でした。それも特別大粒で、完璧な円形の、かすかに薔薇色がかった美しい真珠が次から次と、血まみれの手によって引き上げられて、手術灯の下でこの世の無垢を集めたように耀いていました。

「あれは貝類なのだよ、人間ではない」と父は私に言い聞かせました。「怖がることはない。貝をこじ開けて真珠を取るだけだ」

もう少し大きくなった私に、こう教えてくれたこともありました。

「世の中にはお国の役に立つことのできない屑のような人間が大勢いるのだ。お父様はそういった連中を業者から買い取って、お国のための研究に役立ててあげているのだよ。人間より貝のほうがずっと役に立つ。真珠を産むからね。真珠は大事な燃料になる。燃料は戦争の役に立つ」

　それを聞いて私は、自分も人間の屑であったらどうしようと思って泣いてしまったのですが、父には予想外のことだったようです。みずからが有用な人物であることに疑いを抱いたことのない父ですから。おろおろしながら、父はこう言って私を宥めました。

「真珠、わたしの真珠、おまえが役に立たないわけがあるかね。おまえはわたしの真珠で、こんなに美しいのに」

　父は、貝でした。美しい真珠を産む、役に立つ貝でした。


　戦争が終わって、公職追放に遭ったときの父の悲憤慷慨は、想像がおつきになると思います。戦犯にならなかっただけでも儲けもののようなものですけど。

　それで広い屋敷に閉じ籠もって、一人ひそかに研究を続けていたようです。福さんが遂に心配して私を呼び寄せたとき、父は数年のあいだに二十も年を取ったように痩せ衰えていました。それでも、当人は元気なつもりなのです。

「真珠お嬢さま」と福さんは声を潜めて、「いかがでしたか、旦那さまのご様子は?」福さんは父の研究内容を知らないのです。

　それからつくづくと私を眺めて、「まあ、お嬢さまはちっともお変わりにならない。お肌もあいかわらずしみひとつなくて、まるで――磁器のお皿のよう」

ほんとうは、真珠のよう、と言いたかったのではないでしょうか。

結局、本望だったのでしょう。このあたりにしこりが、と言ってお腹に手を当てるとき、父はまるでお腹の子を慈しんでいるかのようでした。自分の身体に美しい白い真珠がいっぱいに詰まっていることを思うと、苦痛など感じないようなのです。

父は、貝でしたから。最後まで美しい真珠を造って、貝として死ぬことを望んでいました。

私が帰ってきて三週間もしないうちに父は亡くなりました。

そこから先は、話していいものやら。

亡くなった父を解剖すると、真珠など一粒も出ては来ず、悪性の腫瘍があるのみでした。晩年の父は、福さんの言う通り、失意から妄想が激しくなっていたのです。

それが父の最期です。いまさら名誉の回復など。あの人が真珠の父であることは、誰よりもよく、私が知っているのですから。

顔に就いて

〈画家〉は身動きもせず画板の前に座っていた。

画家の仕事はうつくしい人間のうつくしさを写し取ることである、というのが一般的な考え方であって、その点にかけて彼女の右に出る者はいない。

女ばかりを描いた。それ以外の条件はなかった。それも、下は五つから上はせいぜい十七までの、嫁入り前の少女だけを。それ以外の条件はなかった。身分も家柄も様々であった。富商の娘たちの肖像を依頼されることもあれば、知己の妹や娘をモデルにすることもあった。街中を歩き回っては、気に入った少女を見つけて声を掛けることもあった。その中には乞食の少女さえいた。貴族からの依頼はほとんどなかった。上流階級の家に飾るにはふさわしからぬ絵だと思われていた。

最愛のモデルは発狂して二十二で死んだ。

ルイエは大工の娘だった。画家が初めて目にしたとき、彼女は六歳であった。画家の理想とする美のすべてがそこにはあった。誰もが認める美と個性的な美をともに宿していた。その膚は、よく言う「白秋のマイアの葉のごとき」うつくしさ。秋になると広場で、貴族の庭園で、学府の植物園で、ほっそりしたマイアの樹々は円い葉を金色に輝かせる。金色の下に透ける小川は淡い緑色、いくつもの支流がつどった葉軸は翠《あお》い。舞い落ちるその葉はなめらかで死者のように軽い。

「黄昏と夜のあわいのごとき」髪も、エフィメールびとの理想通り。光の具合によって、昏い銅《あかがね》色にも見えれば透き通る瑠璃色にも見える。眉も睫毛も同じ色、その瞳も黄昏と夜を熔かし込む錬金術師の坩堝。

しかしその髪は、都での理想通りに「水のように」艶めいて流れ落ちるのではなく、火のように輝いて踊り上がる。眉はわずかに瑠璃色が勝ち、意志の強さと個性をその顔に与えるが、瞳においてはわずかに銅色が勝ち、忘我の表情と神秘性を醸し出す。その表情の不均衡が画家には何物にも替え難くうつくしい。

エフィメールの美の基準から外れる点は他にもある。昏すぎる唇。都の貴族から見ればやや野性的に過ぎるしなやかさと勁さを持った四肢。大人しく肉の檻に収まらずそここで——鎖骨や肩甲骨、手頸や膝頭や踝《くるぶし》で——張り出してみずからを主張する骨格。それらこそ、画家にとっては美に命を吹き込むディテール。

大工である彼女の父親は、芸術家の遊びめいた美などには関心を持たなかった。画家が金を払えば、娘が絵のモデルのために家業の手伝いから離れるのを許したが、画家が望むほど頻繁にではなかった。危険で腕力を要する家業の手伝いによって少女の美が損なわれるのを画家は案じた。まとまった金と引き換えに彼女を引き取ったのはそういうわけだった。

　ルイエを描いた最初の絵で、彼女は妖精の役を演じている。白いラサの大枝の上に、片膝を立てて腰掛け、紗の肩掛けと白い花冠のほかは裸形の六歳の童女は、木の葉の落とす屍斑のような影を全身に捺されながら、なお光の中に溶け出そうとするように金色の膚を輝かせている。四肢《てあし》は光と影の侵しあうなかでいっそう細い。短い髪は巻毛になって、軽い火のように額の上に踊っている。熔かした銅のような眉と眸が、少女を人間ならざるものにする。少女の右手が蝶を握り潰している。蝶は金属的な輝きを白い手からはみ出させて死んでいる。少女の瞳はまっすぐこちらを見つめている、画布の中から、こちらの世界にその瞳の焔を移そうとしている。まぼろしならぬ世界を、まぼろしの焔で灼き尽くそうとしている。


　画家の好んだ画題《モチーフ》に、伝説的な悪女たちがおり、ルイエも絵の中で何度か彼女たちに扮したものだった。

　ほとんど同じ時期に制作された、対照的な二枚の絵がある。取り上げられた物語は同じだ。二百年ほど前に処刑されたある王妃の物語である。零落したが由緒正しい貴族の家の出であるとも、どこの馬の骨とも知れぬ乞食娘であったとも言われている。短い人生の中で、正式の婚姻だけでも四度。婚姻のたびに彼女の地位は上昇し、富は増大し、夫は早死にした。夫が高齢であった場合もあるし、彼女の美貌に目の眩んだ男に殺された場合もある。妻によって毒殺された、あるいは呪い殺されたという物語は数限りなくある。彼女はついに王妃の座にまで昇り詰めたが、夫の政敵に魔女として糾弾され、内乱で王は命を落として、王妃は火刑に処せられた。

この伝説的な毒婦については様々の絵画や詩が作られてきた。〈画家〉の二枚の絵もそれに連なるものである。

一枚目は、彼女を魔女として描いている。夜の森で狂い踊る、しどけない恰好の若い女。足元には彼女が誘惑した男たちの生首が積み上げられている。十三歳のルイエは驚くほど妖艶で、同時に、あどけない。彼女は純粋な喜悦に舞い踊っている。彼女の喜びを咎めるものはだれもいない。彼女を縛るものはなにもない。ここは夜の森、自由の王国、だれも彼女を見はしない。木陰に見え隠れする黒い異形のけものたちはみな彼女の眷属、彼女の心の落とし子。夜露に濡れた髪を振り乱し、喉を仰け反らせ、月かげのすべてをわがものとして踊る彼女は、望みのものを手に入れた幼い子供のようにあどけなく、そのあどけなさが狂気じみていて、狂気じみているがゆえに妖艶である。

二枚目は処刑前の王妃を描いたものと見える。昏い背景に、ほとんど肖像画にまがう構図で若い女の胸から上が写されている。史伝によれば、彼女は飾り立てた衣装を着せられて晒し者にされた。いかにも濫費家の毒婦といったけばけばしいなりの女に、見物人たちはいっそう憎悪を滾らせ、腐った果物を投げつけたという。この絵の彼女も、鍍金《めつき》の冠に孔雀の羽根、緑の天鵞絨《びろうど》の襟にまがいの毛皮の首巻き、光る石の首飾りといったグロテスクな装飾を身に着けさせられている。それにもかかわらず、彼女は滑稽でもなければ悲惨でもない。沈思に耽る様子の彼女は、その静かな威厳によって、嘲弄のために着せられた衣装をさえ従えてしまっている。その不均衡によってこそ、見る者はどきりとしてこの絵に吸い寄せられるのだ。彼女の瞳は静かな受容と、同時に、見る者への無言の非難を湛えて濡れたように光っている。

最後はルイエが十七歳のときだった。画家がこれほど年のいったモデルを描いたことはなかった。

すらりとしてしなやかな躰を持ったルイエは予言の女神となり、水平に挙げた腕で右を指しながら、同じ方向に顔を向けていた。抽象的な文様の織られた粗い布を肩から垂らしている。その簡素な、古めかしい衣裳の下に覗く素足は金色に灼けている。髪は渦巻きながら足許まで流れ落ちている。くきやかな眉の下の、深い瑠璃色の瞳が何を見ているのかは誰にもわからない。女神は縦長の画布の右寄りに、装飾柱のように立ち、画布の左側はほとんど空白なのだ。ただ引き結んだ唇の色の昏さが、力の漲る腕が、悲劇的なものを予感させる。

――おまえを息子の妻にと望んでいる男がいるのだよ。

白いアトリエでルイエにポーズを取らせ、画布に向かって休みなく手を動かしながら、画家は何気なく口にした。

ルイエは画家を見なかった。その眼は、画布の左側を占めるはずの空白をひたと見据えていた。

——妻になるつもりはあるかね。

虚空に向かってまっすぐに差し伸べられたルイエの腕もまた、みずからの重みなど感じることのない樹木のように、見えぬ一点を指し続けていた。彫像のような横顔を崩さぬよう、唇をほとんど動かさずに——長くモデルを務めるうち、ルイエはほとんど腹話術に近いものを習得していた——彼女は答えた。

——あなたがそうお望みなら。

——よいだろう。

画家は予言の女神の金色の膚を塗りながら、手短に答えた。——三日後の晩餐に招《よ》んである。気に入らなければ断るといい。

——ひとつ……

そう言いかけた声は、唇を動かすことのない、どこから聞こえてくるのかわからないあの声とは違い、低くかすれており、それゆえその続きは画家の耳に入らなかった。

——何か?

——いいえ。

〈聞かせてください〉、と云ったのではなかったか。

画家の去ったアトリエで、斜めに差し入る金色《こんじき》を浴びて、ルイエは未完成の絵の前に立っていた。彼女自身を描いた絵よりひとまわり大きいそれは、画家が最近見つけ出してきたモデルを使ったものだ。画題は、これも数々の画家の創意を刺激してきた、伝説の聖女にして悪女。神話時代、侵略者の将の首を寝床で掻き切って、民を滅びの淵から救った美女。彼女は神に遣わされた神聖なる乙女であり、いたいたしい犠牲の仔羊であり、勇ましい女傑であり、智略に長けた賢女であり、侵略者側の民に伝わっている物語によれば、男を惑わす妖女、狡猾な女狐、愛を知らぬ鉄の女、裏切り者の毒婦であった。

〈画家〉はそれを、十二歳の少女をモデルに描いている。あどけなく妖艶。自分の背丈ほどもありそうな大剣を、怒りや決意とは無縁の軽やかさで振り上げて、髭の巨漢の首を半ばまで切り離している。長い髪をかき上げ、首すじに汗の粒を輝かせ、誰も見るもののない危険な媚態を漂わせて。彼女はおのれの快楽のためだけに男を殺しているように見える。

わたしはもう、とルイエは思った。――男の首を切り落とす少女にはなれない。

嫁いだ養女に画家が再び会うことはなかった。葬儀にも彼女は出席しなかった。嫁いで一年足らずのうちにルイエが狂気の徴をあらわし、それからというもの屋敷の奥深くに閉じ込められて過ごしたことも死後初めて伝え聞いた。

葬儀の数日後、一人で墓を訪れた画家はルイエの夫の皮肉な笑みに出会うことになった。

――葬儀にもおいでになりませんでしたね。新しい娘《こ》を養女に迎えられたと伺いましたよ。

ルイエが去ったあと、画家は聖なる悪女のモデルの少女をあらたに引き取っていた。

——変わり果てた姿を見られるのは嫌だろう。

——妻がそう言いましたか。

男は嘲るように唇の端を上げた。——見ておやりになればよかった。

——あの娘のことはよく知っている。

ろくに顔を合わせたこともない画家とルイエの夫とは、犬猿の仲と言ってもよかった。二人ともルイエの発狂の責任は相手にあると思っていた。画家は嫉妬深い夫が美しい妻を家の中に閉じ込め、自分に会わせまいとしているのだと思っていた。とは言え、画家も強いて彼女に会おうとしたことはなかった。夫は画家がルイエを体よくお払い箱にして会いに来すらしないと思っていた。とは言え、彼は妻に外出を勧めたことも彼女の旧い知人たちを屋敷に招待したこともなかった。


絵を切り裂いているところを見つかったのである。

画家の地位は安泰のはずだった。彼女の身辺について怪しげな噂が流れることはあったが、それは芸術家にはつきものの、むしろありきたりな出来事であったし、そうした噂は渦中の人物よりむしろそれを流布させる者たちの品性の下劣さを映し出すに過ぎないものだ。画家は白いアトリエのある広い屋敷で、貴族のような生活を送っていた。

画家は絵を描き続けた。美しく貧しい少女たちを何人も引き取り、彼女たちをモデルにして傑作をいくつも描いた。少女たちの多くは、少女の齢を過ぎると、相応の持参金とともに片付いていった。

数年前から、描けないと言って鬱々としてはいた。そうした時期は——特にルイエの死後——しばしばあり、芸術家はそうしたものだとして看過されてきたが、娘たちを全員巣立たせたあと、一点の絵も発表せず、金をどぶに捨てるような浪費をし、高価な食器やら彫像やらをたわむれに破壊した。そしておのが作品を切り刻むのは——やりすぎだった。

彼女はすぐさま癲狂院に入れられた。それにしても重すぎる措置であったように思われる。

天涯孤独であったはずの彼女には、いまや数多い娘と、娘婿やその子供たちがいた。白いアトリエのある広い屋敷に権利がある——と考えている——係累たちがいた。そして画家は、近頃ルイエによく似た少女を発掘し、最後の養女にしようと目論んでいると噂されていた。遺産はすべてその少女のものになると。

娘たちの、忘恩であったのか、逆襲というべきか。画家は禁治産者の烙印を捺され、死ぬまで癲狂院を出ることはなかった。

〈画家〉は身動きもせず画板の前に座っている。

III

翼に就いてII

1

愛の心を欠いている、というのが叱責の内容であった。

〈鏡の間〉への呼び出しを告げられたとき、少女は驚いた。呼び出しと言えば教父さまがたからのお叱りと相場が決まっているが、心当たりはなにひとつない。少女はつねに教えに従順であった。

十六方を鏡に囲まれた大部屋で、無限に増幅された教父たちはそれを告げた。

十一誡第一条――人間とは之《これ》造物主の創造《つく》り給うた作品にして、人は互《かたみ》に之を讃美し、之を欲望し、之を愛さねばならぬ。人は造物主を知ること能はず、造物主の意図《こころ》と計画《もくろみ》を知ること能はず、それゆゑ人は造物主に礼拝《らいはい》を捧ぐる能はず、祈りを捧ぐる能はず。人は造物主の創造り給へる作品を通じて造物主を知るのみ。ゆゑに人は人を愛せよ。そこそ、造物主の芸術《わざ》の完璧《まつたき》を褒め称へる礼拝にして、造物主に捧ぐる贄なればなり。

赤子でも知っている教義である。求められるまま、澱みなくそれを暗唱して、少女は戸惑った。

わたくしは皆を愛しております、と少女は抗弁した。おそれながら、敬愛する教父さまがた。

誰を一番に愛しておる？

皆を同じように。

それでは答えにならぬ。この娘が最も親しくしているのは誰かと第一教父は他の教父に問うた。

フュルイという少年ではないかと思われます。

「ではフュルイを美しいと思うか？」

「それは、わかりませんわ」少女の声があやふやになった。「フュルイには会えれば喜ばしく思い、会うと喜ばしい相手は姿を見るだけで快く感じますもの」

「皆を愛していると言ったな。ではフュルイを愛しているというのは、どういう意味だ？」

「会えれば喜ばしく、一緒にいることが幸福で、彼のために、何かできることはないだろうかと思うのです」

「会えないときは？」

「会えなくても、フュルイが幸福でいてくれればやはり幸福です」

「そなたが会えないとき、他の者と会っていたら？」

「楽しい用事で、でしょうか？　そうであれば彼のためによいと思います」

「フュルイを独占したいとは思わぬのか」

「独占、とはいかなる意味でしょう?」

「フュルイを手に入れたい、とは思わぬのか」

「手に入れるとはいかなる意味でしょう? 人はその人自身のものじゃありませんの?」

「フュルイに、自分ひとりだけを見ていてほしいとは」

「フュルイがそうしたければそうしてもよいと思いますけれど」少女は首を傾げた。「お友達はたくさんいたほうがいいと思いますわ」

そなたは彼を愛しておらぬ、と教父は結論づけた。


十一誡第一条に対する、ローローの註釈を暗唱するように教父は求めた。

愛とは之何たるか、と少女は暗唱した。愛とは求むることなり。被造物に投影されたる造物主の力と美を、おのが官能すべてを挙げて感じ取り、賛美し、おのがものとせんと欲することとなり。狂ほしく欲することとなり。愛とは執着なり。執着とは憎悪なり。赦しは以ての外なり。そは至高者の業なれば。人が人を赦さんと欲するは、甚だしき驕り、みづからを至高者の座に就けんとする反逆行為に他ならず。憐憫も不届き千万、慈悲もあるまじき行ひなり。人が人より高みに立たんとすることこそ大罪と謂ふべけれ。人は愛し、憎み、欲し、溺るゝことによりて、つねにみづからを賤しめ、低うせざるべからず。命を賭け、心を懸け、全身全霊を傾けて、人と人の世とを愛せよ。卑小なる知を投げ捨て、熱狂をもて、耽溺し、惑溺せよ。

愚かな娘よ、と教父は云った。その詞《ことば》を暗唱しながら、おのれがその意味を理解していないことさえわからぬとは。

幼い子供のうちはそれでもよい。だがそなたもまことの愛を知るべき齢だ。

「フュルイ以外の者についてはどうだ」

「わたくしは」少女は躊躇《ためら》った。「フュルイだけでなく、すべての人を同じように愛しているのです」

教父は美青年リュガの名を挙げて問うた。

「彼を美しいと思うか？」

「わかりかねます」と少女は答えた。

同じ年頃の少年から、親子ほど齢の開いた者まで、次々に名は挙がり、尽きた。

そなたは誰をも愛しておらぬのだ、と教父は結論づけた。


「どうしてそんな答え方をしたんです？」幼馴染の少年はあとになって不満げに問うた。

「もっと上手い言い抜け方がいくらでもあったでしょうに」

彼は聖堂の庭に座って花環を編んでいた。聖堂を幾重にも取り囲む濠のそれぞれに碧空が映り、その面を雲が流れていく。

「だって、嘘は吐けないもの」というのが少女の答えであった。

「あなたは変なところで意固地なんですから。誰か好きな人がいることにすればよかったんですよ、ミュザイ」

フュルイはひとまたたきほどの間少女に静かな視線を注いだが、

「そう言ったわよ、皆を愛しているって」

という答えを聞くと、再び目を伏せて手の中の花環を少女に押し付けた。

「僕はもう行きます。あなたと二人でいるのを見られたらリュガに叱られてしまう」


彼等は少女を裸にして鏡の前に立たせ、言った。

「目を開いてよく見ることだ。そなたはまこと美しい娘となった。そなたの膚は流れるラウのよう、四肢はユアの枝のよう。髪は海のアルカのよう、陸のジランのよう、空のキシャのよう。瞳《め》はユジダールの霊のよう、唇はファフランの封印のようではないか。あたら美しさをなにゆえに否む。こは造物主がそなたに、そしてわれらに下し給うた贈り物。存分におのが美を愛し、悦ぶがいい。すべてはそこより始まる」

しかし少女は答えた。

「嘘偽りなく、わたくしにはわからぬのです。人の貌《かたち》や肢体が美しいというのは、菫の花や星々や翡翠いろの蛇《くちなわ》、黎明の光や雪の華や火迷鳥の歌声と同じような意味で美しいのでしょうか。人はまことに、それらの美を識るときと同じい喜びを、人の軀に見出すのですか？　ラウに、あるいはユアに、あるいはアルカに、似ていれば似ているほど、美しいというのなら、わたくしの軀にはたしかにそうしたところがあります。しかしそれだけです。人の肢体というものは、ただよじれた肉と皮のつらなりであり、人の貌《かたち》というのは、ただ骨の上にかぶせたごく薄い皮であるように思えます。だからといって、わたくしは自分をも人々をも嫌悪はしませんし、この世を喜びなきものとも思いません。わたくしは人の精神《こころ》と、頭脳《あたま》と、言語《ことば》とを愛していますし、この世は人がいなくても充分に美しいのですから」

この答えはあまりに異端的で、あまりに冒瀆的、あまりに魔物的なものであると受け取られた。

魔物とは何か、魔物とは造物主に叛逆《さか》らふものの謂なり。造物主の創造《つく》り給へる此世を愛さず、創世の奇《くす》しきを認めず、地上の生に不服を懐《いだ》き、剰《あまつさ》へみづから創造を行はんと欲する者共なり。破壊と冒瀆とを事とする者共なり。此者共の在るところ、歎きと瞋《いか》りは地に盈《み》ち、死は生を呑み、海は血に染むことゝならん。……

教父たちは彼女を矯正のためひとりの美しい青年に与えた。

リュガは造物主の最高傑作のひとつと見做されていた。丈高く、肢体は力強く引き締まり、彼が躰のどこかをわずかに動かすだけで、筋肉と骨格の精妙な運動が見る者を魅了した。膚はむらのない黄金色に灼け、笑みは黄金以上に輝かしかった。昏い巻毛に縁取られ、長い睫毛とやわらかい朱い唇を掲げた顔は少年のようにあどけなかった。誰もが彼を愛さずにはいられないと、そう思われていた。

自分の愛に何か欠けたところがあるのならそれを知りたいと少女も念《ねが》っていた。彼女はそれまで優等生で通っていた。おのれが何を譴責されているのか、理解したかった。

青年の力強い抱擁は、少女がそれまでに知っていた優しい触れ合いとは、たしかに違っていた。少女は苦しいほど胸が高鳴り、息が止まるのを覚えた。ただの挨拶と思っていた、唇と唇とを合わせる行いも、少女の膚を粟立たせた。少女は全身で、今までに知らなかった感覚を知った。少女の思考は青年で占められ、少女の時間は青年の訪れを待ち受けることで過ぎた。

少女は安堵した。もう考えなくてもいいのだと思った。愛とは何か、どうすれば人を愛せるのか、自分の愛はかれらの愛とどう異なっているのか、もう考えなくてもいいのだと。自分はなぜ人と異なっているのか、どうしたら同じになれるのか、同じにならねばならないのか、もう考えなくてもいいのだと。これがそれだと、高鳴る胸が、粟立つ膚が、慄える四肢《てあし》が、寒気の走る背筋が、息詰まる喉が、流れ落ちる涙が教えてくれる。意志を、思考を、精神《こころ》を、肉が、血が、骨が軽々と超えてゆき、みずからはそれに振り回されながら、溺れながら、従《つ》いてゆくだけでよいのだと。

人々は少女が愛によっていっそう美しくなったと噂した。

だけれど聡明な少女は、誤魔化しようもなく、はじめから知っていた。酔いながら――嵐の夜の船客のように酔いながら、醒めていた。胸が高鳴るのは恐怖のゆえ、膚が粟立つのは嫌悪のゆえであると、全身で感受する、今まで知らなかったこの感覚とは屈辱であると、自分は青年を、刑の執行を待ち受けるように待っているのだと。青年の力強い腕の中で、絞め殺されるのを待っている小鳥なのだと。

はじめて自分の軀を醜いと思った。それまで、少女にとってにんげんの肉体はただスープ皿のようなものであり、役には立つが美醜を見出す対象ではなかった。いまは、ただ醜かった。そのなかで殊更自分の軀が醜かった。うつくしい、あなたはうつくしいと耳元で囁かれるたび、どこか遠いところで自分が剝がれてぼろぼろと落ちていくのを感じていた。

*

冬の終わりを言祝いで人々は祭典に繰り出した。広場は花柱で飾られた。若者たちは青や黄や薔薇色や若葉色や、とにかく春に相応しい鮮やかな色をパズルのように接《は》ぎ合わせた服を着て、派手な帽子をかぶり、男ならば腰に飾りの剣を佩き、女なら手に花を持っていた。

英雄が巨人を斃して美姫を救う、昔ながらのお芝居あり、滑稽な道化芝居あり、腕に覚えある青年たちの剣戟試合あり、勝者に与えられる美女の接吻《くちづけ》あり、花柱を囲んでの踊りあり……。

少女は不意に息苦しさを覚えた。暑かった。ようやく暖かくなってきましたわね、といった挨拶が交わされている中で、少女だけが目眩のしそうな暑気のなかにいた。空気は冬とは打って変わって、湿気をいっぱいに吸い込んでねっとりと重く膚に纏わりつき、空気中に含まれたみどりいろの不純物が膚の上でいっせいに発芽しそうにむず痒い。それは呼吸すべき空気ではなく、喉を塞ぎ窒息させる空気。往ってしまった冬の、澄み渡った冷たい空気だけがほんものの空気であり、ここにはもうひとかけらも残っていないと感じられた。

あたしはおかしい、と少女は思った。みなが喜んでいる春の訪れが、あたしには苦痛だなんて。お伽話に出て来る、風が吹いても痛がった小人のよう。

広場に着いたときから、はやく帰りたかった。放射状に広がる大路を通って、四方八方から、似たような服装の若者たちが続々と広場にやって来るのを見たとき。自分もその若者たちの一人になっていることを発見したとき。仕来り通りに鮮やかな色の服を着て、手に花を持って来たことが、なにか罠に嵌められたようだった。にんげんの美しさはわからなくても、衣服の美しさは花の美しさと同じように認めていたはずだった。人の手が丹精こめて縫った、花のようにふくらんだ形の、矢車菊の青と、薔薇の薄紅のスカート、ま白いリラの花のように泡だつ裾飾り、金雀枝《えにしだ》の色のサッシュベルト、白い胴衣の胸に刺繡された、真紅の苺を啄む小鳥たち、そうしたものを身に着けるのを無邪気に楽しみにしていた。けれど広場にやって来て、同じような装いの娘たちの列を見渡したとき、市場のよう、というつぶやきが胸に萌《きざ》して、自分が勝者に与えるための花を手に持って――勝者に与えられるための花として——ここへやって来たことがふいに諒解されたのだった。

そのときからだった、湿った空気が喉を塞ぐものとして理解されはじめたのは。春が見えない鳥籠となって地上に伏せられている、と気付いたのは。

剣戟試合を制したのはむろん美青年リュガであった。彼に接吻を送る役を担ったのはむろん少女だった。このひとには他にたくさん情人《こいびと》がいるはずなのに、どうしてあたしなのかしら、と少女は思いながら、衆目の中で腕力を誇示するように軽々と抱き上げられ、振り回されて、睫毛を伏せた。

貧血は、潮が引いていくのに似ている。世界が潮となってざあっと遠離《とおざか》っていき、自分だけが何もない場所に取り残される。喧騒はもう、何の意味もなさない遠い潮の音となり、消える。

少女は木陰に座り込んでいた。どれほどの間、暗闇と静寂の中にいたのかわからない。永遠であったとも、一瞬とも。気付くと、真っ暗な視界の隅にぽつんとついた光の汚点《しみ》が、すこしずつ領土を拡大しているところだった。

そうして円形の光の汚点の中に四つの靴が見えた。四つ、すなわち二対。一方は左が青、右が黄色で、他方は左が銀色、右が真紅。耳鳴りに似た物音が戻ってきはじめ、それは彼女に話しかけているらしかった。

踊り疲れたの、お嬢さん？　それとも、飲み過ぎた？

顔を上げてよ、きみはさっき、優勝者に接吻《くちづけ》を与えたきれいなお嬢さんだろう。僕らにくれる花はもう残ってないの？

世界の手触りもまた戻ってきていて、それは鉄のような指となって彼女の肩を捉えていた。

　こんなときにリュガが割って入ってくれたら、あのひとのことも少しは好きになれるだろうか、と少女はぼんやりと思い、それから、あ、ということは、あたしはあのひとのことを少しも好きじゃないんだわ、という発見が火花のようにかすめた。このひとたちよりもリュガの方がましということはまったくないのに、そんなことを思うなんて、気が狂いかけているのかしら……。

　そう思いながら目を閉じて樹の幹に凭れかかったとき、ふいに涼しい風のようなものを感じた。あれほど求めても見つからなかったほんとうの空気が、いま、そばをかすめていった。重い瞼を開けると、狭い視界の中に、おぼろな影に似たものが視えた。遠眼鏡を逆さに覗き込んだように遠かった。あれを追わなければ、と直感が告げた。

　真空に近い世界の中を、蹌踉《よろ》めきながら歩き出していた。肩に置かれた手を振り払ったような記憶があった。足許が見えない。地面などないのだ。漂うように、泳ぐように歩いていく。背後で、おーいお嬢さんどこ行くの――ばか、おまえが怖がらせちゃったんだよ――といった声が聞こえるが、あくまでも楽しげだ。それらも、遠離れば、再び何の意味もない潮騒にしてしまえる。静寂にしてしまえる。

ふしぎと静まり返って、犬の子一匹見当たらぬ街を、ずいぶんと歩き続けたような気がする。誰も彼も祭りへ出かけてしまってほんとうに無人であったのか、少女の狭い視界が、あの涼しい影以外のものを容れなかったのか、あるいはどこかで、この市《まち》によく似た、しかし人っ子一人棲まぬ世界に紛れ込んでしまったのか。いつの間にか街並みは、少女の知らぬ、妙に寂れたものに変わり、やがてそれさえも尽きて、高い石壁が現れた。影はそこで初めて振り返った。選択の機会を与えようと言うように。それは、黒に近い紫の衣に足許までを包まれた、ほっそりとした人の姿で、仮面のように静かな貌が高いところからかすかに微笑んだ。

影は背を向け、茨の絡んだ鉄の門を入っていったが、少女の心はとうに決まっていて、走るようにそのあとをついて、門を、抜けた。

2

かくして少女は姿を消し、魔物に拐《かどわ》かされたのだ、いな、魔物のもとに嫁したのだといった噂が流れた。失踪した少女を、幼馴染の少年フュルイだけが探し続けた。

少年は透明だった。さして美しくもなければ醜くもなく、狂おしいほど愛されたこともなければ殺したいほど憎まれたこともなかった。少年が同じ空間にいることを嫌がる者もいなかったし、いないことを寂しがる者もいなかった。少女のほかには。

だから少年は、たとえばだれもが懶《ものう》い午睡に落ちる昼下がり、たとえば夜の瞼の閉ざされたあと、だれにも見咎められずに教団を抜け出て、探しにゆくことができた。いなくなった少女を。

少女は手がかりひとつ残さずに消えていた。少年は寂れた市外《まち》れを彷徨い、市壁を抜けてその先にも乱雑に増殖を続ける貧民街を歩き、足跡ひとつない野に足を踏み入れ、草むした丘に登った。丘の中腹を崩れかけた石壁が取り巻き、錆びた鉄扉を通り抜けた先にあるのは醜い塔で、牢獄めいたその荒城こそ魔物の栖だと言われていたが、そこにも少女はいなかったし、魔物もいなかった。

高い石壁と塔のあいだ、廃園と呼ぶことさえ躊躇われる空地を、数知れぬ塑像だけが埋めていた。人の子の手による創造の試みが造物主への叛逆であることを殊更に誇示するかのように、歪でおぞましい姿をしていた。頭が二つに腕と脚が四本ずつある人間が蜘蛛のように這っているもの。羽を広げた孔雀の軀に不釣り合いに大きな人間の頭部を持ち、滂沱の涙を零しているもの。腕のない人間の体軀に頭部は巨大な薔薇の花となり、背には蝶の翅を負い、胸から伸びる口吻がおのが頭部の蜜を吸っているもの。

塔の内部はどの階もどの階も同じだった。中心に広間があり、伽藍堂のこの部屋を十ほどの扉が取り囲んでいた。扉はいずれも分厚い硝子と頑丈な鉄格子より成っていた。ためしにひとつを開けてみると、どれも大部屋を取り囲む廊下に通じているのだった。廊下にはやはり分厚い硝子と頑丈な鉄格子の扉が列んでいた。扉の先には、小さな四角い部屋があった。金具で床に留められた鉄の寝台のほか、ほとんど何もない。黄昏に似た光だけがこの寒々しい空間を埋めようとしている。部屋を出ていくとき、鍵穴が扉の外側にしかないことに気付いた。

　どの扉も、まったく同じ殺風景で画一的な部屋を内に閉じ籠めていた。廊下の四隅の階段を登り、別の階に出ても、更に上の階に登っても、同じだった。階段を登り降りするうち、合せ鏡の世界に迷い込んでしまったような気分になりはしたが、畢竟百年以上も昔に打ち捨てられた廃墟に過ぎなかった。

　一階と二階だけは他の階と違っていた。鉄格子もなければ外からかける鍵もなかった。その代わり、二階と三階の間には幾重もの鉄の扉があった。一階には大食堂らしきものさえあり、黝《くろ》ずんだ食卓や座布の破れた椅子よりも先に目についたのは四囲の壁を埋め尽くす壁画であった。外に並んだ塑像と同様に冒瀆的な、こちらも合成獣《キマイラ》の群れであった。獣と少女、少女と植物、少年と少女、子供と大人のキマイラである。時の侵蝕を受けながらなお生ま生ましい妄執のまなざしを向けてくるその壁画には、黒い血痕めいたものさえ散っていた。

　春が過ぎ、夏が過ぎた。春は寒く、夏は稲妻がよく降った。花は生彩がなく、人も病気がちだった。年老いた第一教父が階段から落ちて脚を折り、床に就いた。市は不安に慄いた。これは魔物の仕業だろうか？

秋、円いマイアの葉は黄金色に輝きながら街路を埋め、黄昏どきの冷たい霧雨は落ち葉の一枚一枚に取り憑いて重たくなり、雨のあとでマイアの葉のように円い月が天蓋を磨き、少年は〈魔物〉に出会った。

＊

あらゆる場所を探した少年はもう一度、今度は夜更けて、魔物の塔に向かった。以前は昼のしらじらとした光の下で見た塑像群が、月光《つきかげ》を浴んで油を流したようにてらてらとひかって、月の面《も》を時折横切る雲のためだろう、影と光が瞬時入れ替わるのが、少年の目を盗んでひそかに動き出し、近づいて来ようとするものの動きのようであった。

それらの塑像の中に見覚えのないものが一体見出された。夥しい像の中でそうとわかるのは、それが他の像とは違い、目に明らかな畸形の徴を備えていなかったからで、六本足の石の獅子に凭れ、頭をふかく仰け反らせて天頂に破れ目でも探そうとしているような格好の——

魔物、と少年は思った。魔物が人の姿を取るならこうしたものだろう。ぞっとするほど美しく、不遜で、男とも女ともつかない。男とも女ともつかぬものを、少年は、造化に反したものと受け取った。

その放心はこの世のすべてを黙殺するもののように傲岸で、その端整は造物主を嘲笑うように不毛で、その静寂は追い詰められた獣のように牙を剝いている。

足を止め、その塑像を矯めつ眇めつしているうち、何時《いつ》からここに立ち尽くしているのかふとわからなくなった。じぶんは生まれてからずっと、あるいは世界が始まって以来この暗闇に立ち尽くして、色のない塑像を見つめていたのではなかったか。記憶の中にあるすべてはまぼろしではなかったか。市も、教団も、ひとも、少女も、黄金色のマイアの葉も、朝夕の鐘の音もこの世のどこにも存在せず、在るのはただこの塑像と自分のみではなかったか。世界とはただこの昏い廃園の謂ではなかったか。

……唐突に、塑像の頭《こうべ》が落ちた。と思われたのは、空を仰いでいた頭がごろりと横に傾いで、不自然な角度から此方を見据えたのだった。

ようこそ。

乾いた骨のように皙《しろ》い皮膚の上で、無彩色の月影に照らされた、色のない唇が動いた。

揶揄に似たやわらかい声だった。

これが魔物だ、と少年は思った。

——市を逃れてきたのかね。

蜂の群れのような、無数のささやきに充ちた声だった。無数の誘惑のささやき。

——……違います。

自分の声が怒ったように答えるのが聞こえる。実際のところ少年は、いつもより鬱屈した気持ちで、なかばはもうどうにでもなれという心持ちで、こんな夜更けにここまで来たのではなかったか。

少年は喉がからからに渇くのを感じた。用意してきた勇ましい台詞はひとつも思い出せなかった。

友人を。取り返しに来たのです。

ご友人とやらはどこに？

ここにいるはずです。

ご友人が君をここに招待したのかい。

いいえ。

では招《よ》ばれるまで待つことだ。

口の両端が耳まで切り裂かれたような微笑があらわれ、そのままもとの彫像に戻ったように静止した。口の中に苦い唾液が湧いた。

彼女は、と薄紙を破るように発音した。彼女は。彼女は。――彼女は拐かされたのです。

色のない顔はしばらく動かなかった。横向きになった顔を凝視《みつ》めていると、それが顔なのだか何なのだかわからなくなってくる。

それなら他をあたることだ。

唇がなめらかに動いた。

拐かされた者はここにはいない。

名はミュザイと言います。

聞いたことのない名だ。いずれにしても、名はここでは役に立たない。

〈春の太陽〉という意味です。その名に相応しい美しいひと。見ればわかります。膚は流れるラウのよう、四肢はユアの枝のよう。髪は海のアルカのよう、陸のジランのよう、空のキシャのよう。瞳はユジダールの霊のよう、唇はファフランの封印のようなひとです。ご存じでしょう、あなたは知っているはずだ。ここにいるはずだ。返してください。僕のミュザイを返してください。

外貌もまた、とその蠱惑的な声はやがて云う。ここでは役には立つまい。

では会わせてください。会えばわかるのですから。

会わせる、会わせぬは私の決めることではない。……まあ待て。おまえの探している者がほんとうにここにいると思うなら、そしておまえが心からその者に会うことを望むのなら、私になど訴えずに心の中で直に呼ぶことだ。おまえの探しているのがほかでもないその者で、呼びかけに応えたいとみずから思えば会いに来る。

そんなことがあるものか、と少年は思う。うまく言いくるめて会わせないつもりなのだ。魔物がたやすくミュザイを返してくれるはずがないのだから。しかし――

ミュザイ、と心の中で呼んでみる。白々しい一人芝居のよう。ミュザイ、ミュザイ。ミュザイ、答えて。あなたを、助けに、来たんです。

声は沙漠に落ちる水滴であった。力なく虚無に吸い込まれた。

「……どうやるんですか、心の中で呼ぶ、というのは」

「そんなこともわからぬようでは、会う資格はあるまいよ」〈魔物〉は憫笑したようであった。「探す相手を思い描け。名前などは役に立たぬ。そんな便利な呪文はない。とくと考えよ、それが誰なのか、おまえにとって何なのかを。なぜ会いたいと思うのかを」

少年は躊躇い、それから眼を閉じてゆっくりと深呼吸をする。

ミュザイ。ひとつ年上の美しい少女。ただひとりの友人。あの教団で、少年を透明なものと見なさなかった、ただひとりのひと。

最初に思い浮かべたのは、この陰鬱な屋敷のどこかに閉じ籠められて怯えている少女の姿だ。ひとりきりで震えている——あるいは泣いている——あるいは昏昏と眠りつづける少女。この想像は水に映った影のようにさだめなくゆれ、助けたくて手を差し伸べるけれど、その手に水面は乱されて、少女は消えた。

次に思い浮かべたのは、最後に見たときの彼女。春の祭りの晴れ着に身を包んで、誰よりも美しかった少女。露台《バルコン》から身を乗り出して美青年リュガに接吻する少女。黄金色の腕に抱き上げられて、華々しい戦利品のような少女。

それから。銀の靴で蝶のように軽く踊る少女。それから。腕いっぱいに花を抱えて、まるで彼女自身花束に挿された一本の花枝のようだった少女。それから。リュガに蜜酒の杯を捧げる少女。それから。

それらの場面から、しかし少女の顔だけがすっぽりと抜け落ちている。

彼女の顔を忘れるはずはない。けれどあのときあれらの場面で彼女がどんな顔をしていたのか、思い出そうとするとそれを見た記憶がないのだった。

それも仕様のないこと。そう言い聞かせる。それは目眩く祭りのさなか、目を奪うもので溢れかえって、だれもだれもだれかによくよく注意を払うことなどしなかった、あの無秩序と喧騒のさなかだったのだから、ミュザイが消えたのは。

記憶の頁を最後から順にめくっていく。リュガと並んで、一幅の絵のような少女。美しい衣裳を誂えてもらうために立っている少女。窓外の夕景を物思わしげに眺めている少女。なぜ彼女に会いたいのか？　当然だ、彼女を取り返さなくてはならないからだ。魔物の手から救い出さなくてはならないからだ。彼女が助けを求めているからだ。誰もが彼女の帰りを待っているからだ。誰もが彼女を愛《お》しんでいるからだ。

少女の顔は、依然、どの記憶からも抜け落ちている。

誰もが彼女を。では、なぜ僕が？　僕は彼女の――幼馴染で、一番の友人で――いや、彼女は僕の唯一の友人で――

違う、彼女を愛していいるからだ。彼女のことが好きだった、ずっと。手に入らない人として諦めてはいたけれど――。

それが、みずからに認めてこなかったほんとうの理由だ。彼は思う。

ミュザイ――僕の好きな、ミュザイ。そこにいるんですね？　僕は、ただあなたに会いたくて――あなたを取り返したくて、ここまで来ました。答えてください。

しばらくは何も起こらない。やはり魔物に揶揄《からか》われたのだ、と少年は思い始める。

一瞬、少年の心の中を、ひどく古い記憶が――両親に見捨てられた少年のために少女が顔を歪めて泣いている――夜の川を祭りの仮面が流されていくようにかすめて、消える。


ふいにかれらの頭上でかろやかな音を立てて窓が開いた。

だれかがあたしを呼んだの。呼んだのはだれ？

窓の中の小さな顔は、庭を見下ろして〈魔物〉のかたわらに立つ少年に視線を落とすと、一瞬、それが誰であったか思い出せないという表情を浮かべた。胸が締め付けられる――此方もまた、その顔を知らないという思いに囚われて。なにか大きな間違いを犯してここまで来てしまったという気がした。

あれほど美しかった少女の髪は、首筋があらわになるほど短く切られ、少女自身は囚人のような灰色の衣に包まれていた。

「フュルイ――なの？」

「ええ」

少女の顔を翳がよぎった。

「きみもここへ？」少女が言った。

「――ええ」よくわからないままに少年は答えた。

「ではおもてなしをしなくては」少女は微笑んだ。「食堂に」

「こちらへ」〈魔物〉はぞっとするような微笑を浮かべた。

塔の内部は、以前来たときとは一変していた。のみならず、変転し続けていた。絡繰時計の中のように、あらゆるものが動いている。吹き抜けの大ホールのまわりで、鎖で吊り下げられた小部屋が上がったり下がったりするかと思えば、扉や窓が生まれては消え、見上げればいくつもの回廊や螺旋階段が途中で切れ、それぞれの部分が別々に動いて別々の部分と接続する。穹窿《ドーム》天井の高みには硝子の温室らしきものがいくつも泛《うか》び、鳥の群れがそのあたりを飛び交う。

止まっちゃったわ、キアーハ、と笑いを含んだ声が降ってきて見上げると、中空に始まって中空で途切れている短い階段の上に立った少女が、鋳鉄の手摺り越しに身を乗り出して呼んでいるのだった。目も眩むような高みに宙吊りにされて。

宙に文字を書くような、〈魔物〉の細長い手のひらめき。頑固な荷馬が突然歩き出すように、階段は反動をつけて動き出す。少女が平衡を失って階段から転落する。否。階段は少女を載せたまま、円形の壁に沿って螺旋を描きながら降りてくる。

降りてきて、しかし長身の〈魔物〉が手を伸ばしてもまだ届かない高さから、少女がふいに宙に身を躍らせた。少女が床に叩きつけられる。否。〈魔物〉の手のひらめき。少女は上昇気流に抱き取られるようにして、ふわりと〈魔物〉のもとに降り立つ。そのとき

〈魔物〉の耳元に何かを囁きかけた。少年には聞こえない声で。

奇妙に引き伸ばされた食卓に、無造作に積み上げられた馳走の山。

少年は戸惑いながら席に着いている。食べてはいけない、と思うのに、勧められるままに口にしてしまう。何のものかわからない肉、エメラルドいろのソース、ましろい花のサラダ、水銀《みずがね》に似てねっとりとした飲み物。自分がいま皿の上で切り裂いているのは鼠の死骸のはずだ、と思う。鼠が生き返って食卓を走り出す。

卓の向こう側には少女が座っているはずなのだが、馳走の山に妨げられて、見えない。饗応の食事に少女は手を付けない。水銀のような飲み物に唇を触れるばかり。少女の隣には〈魔物〉が座っている。やはり食事には手を付けない。黒々とした酒を飲んでいる。

監禁の形跡の見られぬことが、少年の警戒心をいっそう強めた。壁や鎖や檻でないなら、よりたちの悪いものが彼女を引き留めていると思われた。つねに監視を受けていて、逃げても逃げても連れ戻されるのか。魔物のつねとして、何かおぞましい契約を結ばされでもしたのか。邪悪な魔法が、目に見えない檻を彼女の周りに築いているのか。

少女の――従順さ――も気がかりだった。魔物たちに対して反抗的な様子を一切見せないどころか、笑顔を向けさえする。対して少年には、よそよそしいとは言わぬまでも――どこか距離があった。手を伸ばせば届くようなところにいても、ひどく遠い場所にいるように感じられた。魔物たちを油断させるための、そして彼を巻き込まないための手管であろうか。あるいは彼のことを、彼女を試すために魔物たちが送り込んだまやかしと思っているのかもしれない。時折、このひとは誰だろうという疑念の色が彼女の瞳をかすめるように思えるのは、そのためだろうか。そうであればまだよいと思う。

しかし彼女が諦めや絶望に心を閉ざされているのであったら。あるいは、魔物の邪な魔術によって心までを縛られているのであったら。魔物にはそうした真似も可能だろう。いかにも魔物に相応しいではないか。


少女と二人きりになる機会は訪れなかった。一晩中、〈魔物〉たちがそばで目を光らせていたから、少女がここに監禁されているのか、彼女の微笑みの下に何が隠されているのか探るすべはなかった。

見上げると廻廊を亡霊たちが渡っていく。胸の悪くなるような花の臭い。死臭に似ている。

亡霊たちの姿は様々だ。右手首から先のない女、両眼の白く濁った男、奇妙な花の香りを放つ娘。そんな連中が彼女を取り巻く。

ねえミュザイ、と少年は、目の前にいるのにひどく遠く思える少女の名を呼ぶ。少女は困ったように首を振る。

あたしはミュザイじゃないの。あたしはイリュアン。

でもあなたはミュザイでしょう?
食い下がると、少女は目を伏せ、
……かつて、と言ったのだったか、けっして、と言ったのだったか。

少年はふいに強い眠気を覚える。長椅子に軀が沈み込んでいく感覚に囚われながら、ゆっくりと重いまばたきを一度する。もう一度する。もう一度。もう一度……そのつもりで、しかし重い瞼を持ち上げたときには自分が長く眠ってしまっていたことに気付いている。
朝の光が空っぽの窓から差し込む、そこは以前も来たことがあるあの伽藍とした廃墟であって、昨夜見た魔物たちは夢のように消え失せている。

*

少年はその日から、夜ごと石の塔へ出かけてゆくこととなる。〈魔物〉に囚われた少女に会いに。〈魔物〉の手から少女を救い出すすべを見つけるために。〈魔物〉たちのいる塔に足を踏み入れ、少女に会うことが叶う夜もあれば、昼と変わらぬただの廃墟でしかない夜もあり、〈魔物〉の塔に入ってどれほど長い時間を過ごしたように思えようと、あるいはほんの数分いただけのように思えようと、眠って目を覚ますと翌日の朝であって、誰もいない廃墟に戻って来ているのであった。

3

イリュアンの塔での日々について語ろうか。しかし日々という言葉は適切ではないように思われる。そこには時間らしきものはほとんど流れていなかったし、あったとして、日よりは月と星にかかわる時間であったろうから。

少女の名はイリュアン。そこから説明が必要だろう。塔へやって来る前には別の名があった。その名はここでは問題ではない、と思う。少女はその名を忘れた。忘れることにした。おまえをなんと呼べばよい、と彼女《そのひと》に問われたとき、少女は湖《うみ》のような沈黙に溺れた。塔の主は書棚から一冊の書物を抜き出して少女に好きなところを開かせた。開いた頁から取られたひとつの言葉がイリュアン。意味はない。古い古い言葉だから、今はなんの意味もない。それでよい。少女はそれまでの名に纏わりついた意味に疲れ果ててしまった。人が彼女に期待するすべてのものに。

だから、イリュアンという名には何の意味もない。そこからわかることはなにひとつない。何も指し示してはいない。イリュアンには過去も未来もない。けれど、彼女をこれまでそう呼んできたように彼女と呼ぶことに、あるいは少女と呼ぶことに、何の誤謬もないわけではない。むしろその逆だ。彼女は〈彼女〉ではないし、少女は〈少女〉ではない。だからほんとうは、この物語は何の意味もない言葉で、何の意味も持ったことのない言葉で、綴られるべきなのだ。ほんとうは。

門を抜けた少女は見失った影を追って、塔に足を踏み入れ、伽藍とした大広間に入り込んだ。人の住む気配はなく、骨組みだけの部屋に、静寂《しじま》と薄闇だけがあった。古い長椅子がここに置き去られた唯一の家具だった。少女は擦り切れた綴織りの掛け布に頰を寄せて眠りに落ちた。それまで一度も眠りというものを知らなかったかのように。

目を開けると、硝子器のきらめきがまず入ってきた。奇妙な部屋だった。少女は綴織りの掛け布から体を起こした。どこか海の中を思わせる翠いろの光が部屋を盈たしているが、光源と思われるものは小さな翠のランプひとつきり。窓はひとつもない。あるのかもしれないが、どの壁もアーチ型の天井が始まる間際まで書棚に占領されていた。装幀された書物や装幀されていない書物、巻物、紐で束ねただけの紙の束などが書棚から溢れ出しそうに詰め込まれている。長い梯子が其処此処の書棚に立てかけられている。広いはずの室内は小卓やら脚立やら抽斗つきのキャビネットやら戸棚やらが無秩序に詰め込まれて迷路のようだ。奇妙な形の燭台（火は灯っていない）、硝子のケースに入った植物の標本、なにかの骨、紫水晶の塊、用途のわからぬ歪な銀器、その他少女には正体の不明な品物が並べられた卓が、部屋を横切って斜めに伸びているかと思うと、本来の用途を離れてすべての段にぎっしりと紙の束を積んだ脚立が卓を跨ぎ、水莨《みずたばこ》の器械が紙束の上にかろうじて立ち、また合間合間にこの乱雑な部屋に不似合いな肘掛け椅子が鎮座している。空に張り渡された綱からは、薬草の束なりティーカップなり衣服なりが吊り下がっている。そうした調度品の合間から、部屋の反対側の隅に置かれた紫檀の机がかろうじて見えた。机の上にも書物や紙が積み上がり、その上に翡翠いろの円い鏡があやうげに立てかけられ、鏡の前に頬杖をついて物思いに耽っていたのは、遠い昔のように思える祭りの喧騒の中で少女が見出した、あの人影であった。

起き上がると、体に掛けられていたガウンが滑り落ちた。寝椅子のそばには小さな煖炉があり、翠いろの火が燃えていた。火は熱を持たなかったが、冷たくはなかった。

少女は着ていた衣服を脱いで火の中に捨てた。花のようにふくらむスカートが、リラのように泡立つ裾飾りが、真紅の苺を啄む小鳥の刺繡が、翠いろに灼けて縮れて呑み込まれた。手近なキャビネットの抽斗を開けると金の鋏が見つかった。長い髪を無造作に揃《き》って、それも火に投げ入れた。髪はじわじわと燃えた。

裸足のまま石の床を突っ切って、紫檀の机の前まで行った。翡翠いろの鏡の中では、おぼろな影が行き交っていた。

やがて彼女《そのひと》は顔を上げて少女を見た。

「百年も眠っていたような気がするの」少女は云った。

「そうかも知れないね」彼女《そのひと》は黒天鵞絨《びろうど》のような声で答えた。「そうでないかも知れない。第一に、時間などここでは無意味なのだし、第二に、おのれが眠りのどちら側にいるのか、自信を持って言えるものなどないのだから」

混み合った調度品の向こうから、琥珀色の液体を盈たした切子硝子の碗が浮き上がり、少女の手許に飛んできた。

「ただの茶だ」声が言った。「飲みたくなければ置いておくといい」

かすかに辛みのある花の香りが湯気に乗って上ってきた。黙って碗に口をつけると、胃の底からあたたまって、操り人形の糸が一本ずつ切れていくところを少女は思い浮かべた。

「お勉強？」と少女は机上の書物に眼を遣った。

「永遠についての研究」

「なにかわかった？」

「永遠を究めるには永遠の時が必要だということが」

そう言って、卓上の砂時計を逆さにした。砂時計の底にはひどく精巧な街の模型があって、天の隘路を通って降り注ぐ金緑の砂が街をゆっくりと埋めていった。それと同時に、砂時計のもうひとつの硝子球の底では、雪が融けていくように、逆さになった街が少しずつ姿を現していった。

「あなたは魔法使い？」

「さあ、魔法とは何だろうね。人は言葉を使うが、言葉はすべて嘘だ。だが言葉はすべて真実にならざるを得ない。それを魔法と呼ぶならば」

少女は積み上げられた羊皮紙の束から一枚を手に取った。そこには歌の文句らしいもの

文藝春秋の新刊

8

2023

「夏の雲」©大高郁

文藝春秋の新刊

●京都が生んだ、やさしい奇跡

八月の御所グラウンド

万城目学

ホルモー・シリーズ以来16年ぶり。京都×青春感動作。京都で起きる奇跡のような邂逅とドラマとは？

◆8月3日
四六判
上製カバー装
1760円
391732-0

●それは、鉤爪や翼や魂が再びそなわった者たちの物語

奇病庭園

川野芽生

老人の額から角が伸び、妊婦が翼を得て飛び立つその世界で、天から生み落とされた双子の運命が交錯する――新鋭が放つ幻想長編小説

◆8月4日
四六判
上製カバー装
2200円
391734-4

●血沸き肉躍るアウトロー映画の歴史

仁義なきヤクザ映画史

伊藤彰彦

百年にわたるヤクザ映画史を辿るノンフィクション。義侠心を大衆がいかに愛したか、関係者へのインタビューを通して鮮やかに描く

◆8月7日
四六判
上製カバー装
2365円
391735-1

◆発売日、定価は変更になる場合があります。
表示した価格は定価です。消費税は含まれています。

ヒトミさんの恋

益田ミリ

●新感覚の怪談説法コミック第二弾!!

『沢村さん家のこんな毎日』の沢村家、一人娘のヒトミさんが、14歳下の後輩に恋をしてわかった、歳をとることの切なさと恋の尊さ

◆8月28日
A5判
並製カ

怪談和尚

妖異の声

原作・三木大雲　作画・森野達弥

●江戸で開催！　天下一剣術大会

怪談和尚こと三木住職が語る、身の毛がよだつ怪異譚や不可思議な出来事の数々を妖怪漫画家がコミック化。さあ、魔境の扉が開きます

◆8月4日
B6判
並製カバー装
770円
090149-0

竜馬がゆく5

原作・司馬遼太郎　漫画・鈴ノ木ユウ

坂本竜馬の奇跡の生涯を『コウノドリ』の作者・鈴ノ木ユウが描く、大河コミック第5巻。父の死を超えて江戸一の剣客を目指す

◆8月24日
B6判
並製カバー装
748円
090150-6

新シリーズ4カ月連続刊行！　舞台は長崎そして異国へ

二枚の絵

柳橋の桜（三）

佐伯泰英

880円
792076-0

悲しみが共鳴した時、真実の扉が開く

凍結事案捜査班《コールドケース》

時の呪縛

麻見和史

美男美女のあり得ない心中は幽霊の仕業か化け物か

913円
792077-7

リアル江戸から生まれた、傑作短編集！

江戸染まぬ

青山文平

825円
792082-1

彼女は善意の名医か、患者を殺した悪魔か——

善医の罪

久坂部羊

1078円
792083-8

幼馴染が遺した暗号、隠されているのは、金かそれとも……

おれたちの歌をうたえ

呉勝浩

1419円
792084-5

吉敷竹史シリーズ 20年振りの新作長篇文庫化！

盲剣楼奇譚

島田荘司

1848円
792085-2

平穏な街に忍びよる巨大な陰謀。渾身の傑作警察小説

観月

消された「第一容疑者」

麻生幾

超人気、怪談×説法シリーズ第6弾！

が書かれていた。

「いつしか……光さえ消え失せ……この世は……はかなく溶ける……」

切れ切れに読んで、

「これはなに？」

「ある詩人が口ずさんでいた詩を書き留めたものさ。古い古い詩だと言っていた。黄色い鑑札しか持っていないのに、文書館に記録されていない詩を吟じた廉《かど》で、瘋狂院《てんきょう》送りになったがね」

彼女《そのひと》は床に置かれた水莨の器械を足で引き寄せると、

「研究の邪魔だ。好きなところへお行き」と少女を追いやる手振りをして、色のない唇から、薄紫の仔竜の形をした煙を吐き出した。仔竜は少女のまわりを飛び回って、ついと離れていく。案内しようと言うかのようであった。

仔竜のあとに従いて行くと、書棚の間に押し込まれるようにして低い扉が見つかった。振り返ると彼女《そのひと》は頬杖をついて煙を吐き出しながら書物の頁に目を落としているところだった。扉の向こうには白い石でできた短い通路があり、その先はまた別の部屋に通じていた。

ある部屋には木枠に張った画布が数多く壁に立てかけられていたが、すべて表を壁に向けていた。その部屋には短く切り揃えた髪に、動きやすそうな襯衣《シャツ》と洋袴《ズボン》姿の女性がいて、眼が四つある猫を膝に乗せて左手で撫でていた。右手首から先はなかった。

「ルイエ」と彼女は、顔を上げて少女の姿を認めるなり胸を衝かれたような声を出した。

「いいえ」と少女は言った。「あたしは——」

名乗るべき名は思いつかなかった。

「すまなかった」その眼に一瞬閃いた奇妙な光は消えて、彼女は我に返ったように穏やかに言った。「かつて知っていた人によく似ていたものだから。わたしはシーラン。よろしく」

「よろしく、シーラン」

別の部屋では、背中の曲がった男がやはり不思議な獣たちと戯れていた。床には大きな粘土の塊がいくつも置かれ、塊の中から顔や手が形を現そうとしている。

奥まった廊下を歩いていたとき、ふいに濃い花の香りが水脈《みお》を引いているところに踏み込んだ。花の一輪も見当たらないのに、香りだけが——百合の香りだった——後を辿れるほどのくきやかな軌跡を持ってそこに漂っていた。

大広間を通り抜けるとき、顔を上げると高い天井の近くに硝子の温室がいくつも泛んでいた。黒い鳥の群れが吹き抜けを横切り、廻廊に停まってひとりの女の姿となり、再び鳥の群れとなって飛び立った。

廻廊を通り、曇り硝子の戸を開けるとそこは温室の中であった。硝子越しに外を見遣ると大広間の穹窿《ドーム》天井がすぐそばに見えて、途中で目にした宙に浮く温室群はこれであったかと知れた。

翠の垂れ幕のような木々のあいだを抜けて、温室をひとめぐりしようとすると、しかし反対側にあるはずの硝子の壁はどこまで行っても見当たらず、ゆるやかな起伏の庭に薔薇苑や薬草苑が広がり、丘の上には東屋まであったのだが。

東屋の涼やかな影の中で、古めかしいドレスの娘が翠に透き通る茶を喫《の》んでいた。

「いらっしゃい」彼女は微笑んだ。「あなたにもお茶を差し上げましょうね」

東屋に足を踏み入れると、あたりに立ち籠めていた種々《くさぐさ》の香り——薔薇や茉莉花《ジャスミン》、丁字《クローヴ》、檸檬、麝香草、ローズマリーの香り——の中から、ひときわ強い、百合の香りが立ち上がってきて、それがこのひとの体臭であり、それを紛らせてくれるからこのひとは花を愛しているのだと知れた。

また踊り場にひっそりと佇む緑の扉を開けると、中から音の波が溢れ出した。物置にでも続いていそうなその扉の裏にあったのは、天井の高い、ま白い楽堂で、楽器というより巨大な器械に似たものが壁面を覆っていた。銀色にうかびあがる、あるいは黒くしずみこむ無数の管が弁を開け閉めし、槌が鉦を敲き、魅惑的な蜘蛛の巣のように張り巡らされた弦の上を杼《ひ》が行き来して、あたかも楽器がひとりでに演奏をしているかのようであったが、よく見ると楽器の足元で、子供のように小さな人物が両手両脚を広げて鍵盤に覆いかぶさっているのだった。

楽堂にはもうひとりの人物がいた。まるで楽器の一部であるかのように、音楽に合わせて踊り続けていた。いな、ときには音楽に抗うように、ときには先導するように、ときにはねじ伏せるように、ときには決闘のように、ときには抱擁のように、音楽の続く限り踊り続け、踊りの続く限り音楽も止まなかった。

このふたりが口を利いたところを、そののちもイリュアンは一度として見ることがなかった。口を利けないのかもしれないし、彼女たちの言語はそこにはないというだけのことかもしれなかった。あとになってイリュアンは、この音楽家の耳が聞こえないことを知った。そののちしばらくは、彼女の奏でる音楽を聞くたびに涙した。奏者が顔も上げず叩き続ける鍵盤から流れるのは、聞くことのかなわぬ者がこの世にひとりでもいることが口惜しいような美しい音色だったから。けれど、冷たい大理石の床にじかに座り込んでその音色に心を吸われつづけているうち、その涙は別のものに変わった。この耳が捉えているのは水面の煌めきのようなもの、それはたしかに何物にも代えがたいほど美しいのだが、奏者はいまほかの誰にも（あるいは舞踏家ひとりを除いて）覗き見ることのかなわぬ水底の深みを歩いているのだと思い知ったからだった。

塔は日々変化する。外から見る者にはわかるまいが、百もの部屋がその時々に位置を変え、吹き抜けをめぐる廻廊も、鋳鉄の螺旋階段も、歯車の運動に従うように、寸断されて縦や横や斜めに滑り、順番を入れ替え、新たに接続されて、行き先を変える。

ここではどうして部屋や階段がいつも同じところにないの、と少女が問うと、建物にも忘れたい記憶というのがあるのさ、と彼女《そのひと》は答えた。

イリュアンの気に入りの場所は、部屋とも言えない小さなアルコーヴだった。壁を大きく刳《えぐ》る出窓の部分に、綴織りのカヴァーをかけたクッションが敷き詰められていて、イリュアンほどの背丈ならそこに横になることもできた。横になると、体の下と一方の側面のほかはすべて硝子窓に囲まれる。初めて塔をまわったときに目にした覚えはなく、自分があらたにやって来たから、自分の場所ができたのだ、とイリュアンはあたりまえのように受け止めた。

こんなに狭いところでいいのかい、と彼女《そのひと》は笑った。

煙でできた竜を胸に乗せて窓を見上げると、硝子の向こうには冬が見えた。銀灰色の空をきりもなく磨きながら、数えきれない白い羽根が舞い落ちていた。

——ここからは冬が見えるのね。

冬が好きかね、と彼女《そのひと》は尋ねた。

ええ、と少女は答えた。何もかも死のような眠りに就いているんですもの。この雪野にはどうすれば出られるの？

そこへ行く道はないのだよ、少なくとも今のところは。庭の数に対して、窓の数のほうがはるかに多いのだから。

でも、この窓からはいつでも見られるわね？

おまえがそう望めばね。

彼女《そのひと》、というのは誰か。この問いに答えるのは難しい。イリュアンはこの問いを問おうとはしなかった。イリュアンが何者かをそのひとが問わなかったように。さしあたり、名はキアーハ。塔の住人たちにはそう呼ばれている。

住人たち？　いかなる住人たちがいるというのだろう。その全員に紹介されるような機会はない。我々にもないし、イリュアンにもなかった。彼女はただ、キアーハについてこの塔へやって来た。そして小さな部屋を自分の棲家にし、大きな窓から日がな一日（一日というものがあるとすれば）雪を見上げ、あるいは見下ろしたかと思うと、日々（日々というものがあるとすれば）入れ替わる塔の内部や、永遠に時の止まった庭を探検する。そのおりおり、ゆくてを、背後を、この塔の住人が通り過ぎてゆくことがある。

「竜がいなくなってしまったわ」

キアーハの書斎に戻ってイリュアンは言った。

「あれは煙で作ったただの玩具だからね。煙はすぐに消える。気に入ったのかね」

「友達になりたかったのに」

「それなら似たようなものを作ってやる。だがただの玩具だ。生きているもののように動くからといって、生きものではないのを忘れるなよ」

「あなたは言葉は魔法だと言ったわ。言葉は真実になると。そう言い続けたら、あの子もほんものの命を持つようになる？」

「そんな言い方はしなかったと思うがね」キアーハは苦笑を浮かべた。「好きにするがいい」

竜を連れてイリュアンはたびたび書斎を訪れた。キアーハはたいがい書斎にいて、読書に耽っている。塔の中や庭をぶらぶらと歩きながら、時々壁や足元の石を熱心に確かめている、ということもある。

キアーハは魔女なのよ、とジュナ——それが百合の香りを持つ女の名だった——は東屋であたたかい茶を淹れながら言った。「あのひとがこの塔と庭を安全に守っているの。あして（と、庭を歩き回っているキアーハを透かし見て）よく境界線を検《あらた》めて回っているわ」

「じゃあ、書斎に詰まっているのも魔導書やなんかなの？　あんなに熱心に読んでいるけれど、これ以上魔法を学ぶ必要があるのかしら」

キアーハはね、叶えたいことがあるみたい。ジュナはそう言ったのだが、そのとき噂の張本人が、大股に歩み入りながら、私にも茶をお呉れ、と云ったので、この話は沙汰止みになった。

4

そんな日々にも終わりの始まりと言うべきものがやって来る。ひとりの少年の姿を取って。

少年は一度だけ、少女を呼ぶことに成功した。両親に見捨てられて泣いていたおのれを慰めてくれた人として少女を思い出したときに。少女は呼ばれて窓を開いた。

けれどそこにいたのは、見知らぬ少女を探している、見知らぬ少年だった。

少年がやって来たとき、少女はキアーハの耳許で囁いた。

——二人きりには、しないで。

少年が訪ねてくるとき、キアーハと他の住人たちはいつもそこに同席した。

少女の連れている煙の竜は、少年には見えないようだった。

そんなある日の、螺旋階段が、廻廊が、踊り場が、扉が、どのように繋がった折であったのだろう、イリュアンが入り込んだのは長らく使われていない大食堂であるらしかったが、黝ずんだ長い食卓や、座布の破れた椅子よりも先に目に入ったのは、四囲の壁を埋め尽くす壁画であった。

異様な絵だった。少女の絵、とまずは思った。百人の少女。あるいは百通りのひとりの少女。それとも繰り返し描かれる四、五人の少女？　しだいに、少女、という最初の印象も怪しくなってくる。これは少年かもしれないと思えるものが――他の少女と見分けがつかないほどよく似ているにもかかわらず――ある。少女の齢を過ぎた、若い娘の顔、髪型と装いによって若い奥方とわかる顔がある。中年、更には老年と思しき顔さえあるが、形をなす前に放棄されている。首から上と下がちぐはぐなものも多い。妙に大人びた顔に少女の肢体、あるいはその逆。少年の顔に女の軀、あるいはその逆。

そしてそのすべてが未完成だった。胸から上だけが生きているかのように見事で、あとは亡霊のように下絵のままのものもある。衣服だけが異様なまでの精緻さで描き込まれ、その下の軀は茫漠たる色の塊に留まっているものもある。あるべき完成形が想像できる、途中で放棄されただけらしいものはしかし少数派で、多くはもっと奇妙な未完了のありかたを生きつづけていた。描いている途中で、何を描いていいのかわからなくなってしまったというような――描線が途中で他の形態へと溶け出していってしまったというような――。片腕を伸ばしてなにかを指さそうとしていると思しい少女の、その肩は腕ではなく巨大な鷲の体軀につながり、広げた翼の陰影はいつの間にか森になり、紅の葉が雫のように降りしきって、抽象的な文様に変わり、それが今度は水脈《みお》となって、その水の中から、再び少女らしき顔が水妖のように現れる。あるいは少女の衣服の幾何学的な文様が衣服をはみ出して空間を侵食し、少女を覆い隠し、いったんは完成されたらしい少女の顔が、緻密な綾目の下から亡霊のように眼だけをひからせている。

計画して合成獣《キマイラ》を描いたのではない、少女を描き続けているうちに、これ以上は描けなくなってしまったというような、何かに留められ、何かに逸らされているというような息苦しさの中で、大きな流れとしては、一枚目の壁で少女たちから始まった壁画は、二枚目の壁で動物になり、植物になり、三枚目の壁の架空の生物を経て、イリュアンがいま背にしている四枚目の壁で、ほとんどが抽象的な模様に収斂している。

それでも壁にはまだ隙間があり、画家はいまひとりの少女の膚を丁寧に丁寧に塗っているところだった。それは右手のないシーランだった。彼女は左手に持った絵筆で壁を優しく撫でるのだが、なにかに抗おうとするように、その手は張り詰めていた。抗う、何に？少女を描かせまいとする力か、少女を描かせようとする力か？

「ルイエ」とシーランは顔を上げて少女の姿を認めるなり胸を衝かれたような声で言った。「来てくれたのだね、ルイエ」

ふだんの、つねに皮肉めいて洒脱な、気怠げでありながらやさしいシーランではなく、その眼には狂乱と妄執の輝きが宿っている。

（細長い手が翡翠いろの鏡を机上に伏せ、手の持ち主が机の前から立ち上がる）

「ここで出会うおまえはいつでも少女のままだ。知っているかい、わたしはおまえを狂おしいほど愛することになる、けれどおまえは狂って死んでしまう」

あたしはそのひとじゃない、と言おうとするけれど、ふいにわからなくなる。いま描かれている少女が自分に似ている気がして怖くなる。しかしどの少女も、自分に似ていないものはないのではないか？　自分が無数の少女のひとりになり、無数の少女がひとりの〈少女〉になってしまうようでこわくなる。

「なぜ人は老いて醜くなってしまうのだろうね」と画家はつぶやく。「美しく無垢だったものが、なぜ大人になって穢れ、老いて醜くなってしまうのかね。なぜいずれは穢れ醜くなるものが、美の皮をかぶって生まれてくるのかね。なぜいずれは脱ぎ捨てられる美を愛してしまうのかね。わたしはどこから間違ったのだろう、ルイエ？　知っているかい、狂っていたのはおまえではなくわたしなのだよ」

この少女たちを、彼女は攫ってきて殺したのではないか、という思いが頭をよぎる。美しい少女たちを集めてきて、その美しさを吸い取って殺した……。思わず後ずさると、冷たい壁が背にひたりと寄り添った。

あなただったのね、と少女は言おうとする。あたしをうつくしく描いたのは。あたしがうつくしく生まれてきたのじゃない、誰があたしをこんなふうに描いたんだろうと、ずっと思っていたのよ。

「ルイエ、わたしがいまだにおまえを愛していることを」

声が喉に詰まって、何も言えない。

「ルイエ、おまえは決してわたしを赦さないだろうね？」

少女は答えを探して口を開きかけた。

「シーラン」ふいに後ろから黒天鵞絨の声がした。声の持ち主が戸口に立っていた。「その娘はイリュアンだ。ルイエじゃない」

　少女は踵を返して逃げるようにその場を立ち去った。後から後から涙が溢れて、廊下に座り込んだまま、いつの間にか眠ってしまったらしかった。


　目を覚ましたとき、イリュアンは再びあの伽藍とした大部屋にいた。すぐにはそうと気付かなかった、というのは、いまは伽藍としているどころか、人で混み合っていたからだ。泣き喚く女がいる。けたけた笑う老女がいる。ぼんやりと壁を見つめる若い女がいる。うずくまって動かない少女がいる。しきりと歩き回る女がうずくまる女に躓《つまず》き、双方とも気付きもしない。何かをぶつぶつつぶやき続ける声と、子守唄らしきものを調子外れに歌う声が混じり合う。どの女も頭を剃り上げられ、灰色の毛織物で身を覆っている。

　イリュアンに注意を払う者はいない。ほとんど誰も他人に注意を払わない。

　部屋を取り巻く扉のうちのひとつが開く。黄色い衣の一団が入ってくる。灰色の女たちとは対照的に、統率が取れ、油断のない眼をしている。祭司に似ていた。彼らは二人ずつ組になって、女たちを見て回る。二人組の片方は必ずペンと帳面を手にしていて、もう一方が何か言うたびにペン先を腕の切り傷に浸して帳面に書き込むのだった。

　何ひとつ見逃さぬ眼をした彼らもイリュアンに注意を払うことはなく、自分はほんとうはここにいないのだろうとイリュアンは思った。

　灰色の女たちの中に、イリュアンは見覚えのある顔を見つけた。誰だったのかは思い出せない。唇を引き結び、壁を背にして無表情に胡座をかいている。その眼は暗く落ち窪んで、みずからの内をひたすらに覗き込んでいるようであった。彼女はどうやら特別扱いだった、というのは、黄衣の祭司たちが彼女には贈り物めいたものを運んできたから。まずは画帖、しかし彼女は見向きもしなかった。それから黒炭。絵筆。絵の具。画架。ひとつとして彼女は受け取らず、押し返そうとすらしない。何も目に入っていない。黄衣の者たちは、拒まれた贈り物を、贄《にえ》を焼く篝火の薪のように女の前に積んでいく。

ふいに、強い百合の香りがした。灰色の女たちでさえ、頭を殴られたようにざわついてあたりを見渡した。部屋を取り巻く扉の、先ほどとは違うひとつを通って、灰色の衣の少女が黄衣の祭司たちを伴って入ってくるところだった。香りはその少女から発していた。

画材を捧げられた女が出し抜けに立ち上がった。捧げ物の山が女の足を躓かせ、画架が引っ繰り返り、女は祭司に摑みかかる格好になった。祭司の腕を振り払って、女はなおも百合の香りの誘うところへ進もうとする。ほかは何も目に入っていない。振り回した腕が祭司の顔を打った。祭司たちが集まってきて彼女を取り押さえようとする。祭司たちが彼女を阻めば阻むほど、女の動きは暴れる者のそれに近くなる。

手と指は傷付けるな、と祭司のひとりが声を張り上げた。

やがて女は拘束着を着せられて部屋から引きずり出された。階段を降りて、運び込まれた先は医神に捧げられたような部屋である。イリュアンはただその後についていく。女の腕に注射が打たれるのを見ている。

階段がまた騒がしくなって、黄衣の祭司たちがもうひとつの神体を運んできた。先ほどの部屋では見かけなかった。似たような大部屋が他にもあるのだろう。

新たに来たほうは、同じように頭を剃られて灰色の毛織物を着ているが、もっと背が高くて痩せている。気品のある顔立ちは痣だらけになって、腕が肩からだらりと下がっている。

(またおまえか)

黄衣の祭司たちの中で、この部屋にはじめからいたひとりが唸った。(そんなに女々しいからいつも他の男たちに殴られるんだ。……こいつはもう、個室から出さない方がいいんじゃないかね)

(そうすると他の奴がやられるだけなんでさ。院長先生も、なるべくそのままの状態で観察したいと仰ってるんで。だが怪我が治るまでは個室に入れときます)

白布が黝《くろ》い痣や朱い血を覆っていく。黄衣の祭司たちは仕事に戻っていき、やがて医神に仕える男も誰かに呼ばれて出て行った。

女はふっと溜息を吐いた。

「佯狂?」白布を体中に巻かれ、寝台にベルトで縛り付けられた者が、天井を眺めたまま穏やかに尋ねた。

「いまはもう違う」女は一本調子な声で答えた。

女は目を閉じ、眠ったかに見えた。

「いずれにせよ院長がいったん手に入れたものを手放すことはありえないけれど。われわれは彼の貴重なコレクションだから」

「……狂気とはどんな気分のするものか、知りたかった」ややあって女が目を閉じたまま言った。「あの子は気が狂って死んだから。気が狂ってからのあの子にわたしは一度も会っていない。狂ったことさえ知らなかった。わかりたかった。狂人のしそうなことならなんでもした。するうちに、佯狂はほんものの狂気になったらしい。はじめからほんものだったのかな。念願通り気が狂ってみたところでわかったのは、これはわたしの狂気であの子の狂気じゃない。ルイエがどんな狂気を過ごしたのかはわかりやしない。あの子はあの子の檻に閉じ籠められたままひとりで死んでしまった。私は私の」

「誰にも自分の狂気しかわからない。自分の正気もまた。自分にしか知り得ない」

「正気などない。狂気だけ、あるのは」それから女は目を開いて話し相手を見た。「あんたは男？　女？」

「どちらでもない。魔女だ」

「そんなに女みたいだから同室の男たちにいたぶられるんだろう」

「そうだね」〈魔女〉はゆっくりと答えた。「女みたいだと虐められる」

「なぜやり返さない？　魔女なんだろう」

「可哀想だから。やり返すとしたら彼らにではない」

「くだらない」

「あんたは誰？」

「わたしは画家。だった」人殺しだった、と言うような調子で、女は答えた。「少女ばかりを描いた。わたしが最も愛したモデルは、十七で嫁にやって二十二で狂死した。なぜ彼女は狂ったのだろう？　わたしは何不自由なく彼女を育てたのだよ。手放したのが悪かったのか？　愛したのが悪かったのか？　市の口さがない者たちは、わたしが若い娘を取っ替え引っ替えしては、飽きると適当な男に片付けると言う。あの男はわたしに嫉妬し、あの娘を屋敷の奥深くに閉じ籠めて日夜問い詰めていたという噂もある。事実はもはや誰にもわからぬ」

「異端審問か癲狂院か、どっちかしかなかったから」〈魔女〉は言った。「今はこんななりだが、女の服を着て長い髪をしていたから、わたしが魔女の組合《ギルド》に忠誠を誓っているという噂が広まった。それに受け継いだ屋敷に本を溜め込んで魔法について調べてばかりいた。身寄りもなければ友人もいなかったし、身寄りもわたしが呪い殺したのだと専らの噂だった。そうだったかもしれないね。それに、彼らによればわたしの眼は邪眼なんだ。だから火焙りになるところだった。だけど、どうしてもわたしがほしかった院長が使いを寄越して、魔女なんか信じてる低能どもは全員まとめて癲狂院行きだって脅かしたんで、決まりさ」

そののち、〈画家〉は死ぬまで〈魔女〉に会うことはなかった。

黄衣の祭司たちはあの手この手で〈画家〉に絵を描かせようと試みた。フクインチョウ

（福音庁かしら、とイリュアンは思った）の目論見らしいと、イリュアンはかれらの会話から知った。エフィメールの市の悪名高い遊蕩家がさまざまな伝説を残してここに身を沈めたのだけでも素晴らしい話の種で、いまやエフィメールの上流階級は大枚をはたいても彼女を拝みに来るのだった。その上に筆を折った彼女がここのために壁画を描きでもしたら、彼らの信心はいやが上にも高まり、お布施の額も比較にならないに違いない、といった話であるようだった。

その壁画のためにいかなる祈りが捧げられたのか、イリュアンは知らない。ただある夜、階段を通って個室へと運び込まれた〈画家〉が数日経って起き上がれるようになると、もはや描くことを拒絶しなかった。求められるままに大食堂の壁の前に立った。

〈画家〉はひとことも口を利かず、何日も憑かれたように絵を描き続けた。描くほどに、虚ろだった眼は爛々とかがやいた。描きかけの絵を見上げるとき、黄衣の祭司たちの顔は抑えきれぬ喜悦に歪み、それを見てイリュアンには〈画家〉の絵が美しいだけでなく、なにか別の感情を誘うものでもあることがわかった。

しかし描き続けるうちに〈画家〉の神憑《かみがか》りめいた熱狂は薄れ、苦痛の色が取って代わる。手は描くことを拒み、あるいはすでに描いたものを台無しにしようとする。やがて完全に手が止まり、そのたびに階段のあちらで何かの措置が取られ、そのたびに仕事が再開され、一枚目の壁が絵で覆われる頃、〈画家〉は絵の具を削るためのナイフで右の手頸から先を切り落とした。

灰色の衣を朱く染めた〈画家〉が医神の部屋に運び込まれたとき、その部屋には先客がいた。相変わらず痣だらけの〈魔女〉だった。

死んだ〈画家〉の姿を目にしたとき、彼女《そのひと》の身のうちに魔法が満ちた。彼女《そのひと》はほんものの魔女になった。

塔が揺れ、外壁から石が外れ、窓の鉄格子が歪み、すべての扉が同時に開いた。

*

ひとりの頭脳明晰な医師がいて、明晰さのあまり、おのれほど恵まれていない頭脳の持ち主が一体どうしてそうであるかを知らずにいられなくなった。狂人や白痴の頭蓋骨を収集しては重さや大きさを測るのに耽り、生きた狂人や白痴を観察しては記録をつけるのに耽ったが、その二つを結びつけるのは容易ではなかった。生きた狂人の頭蓋骨を測ることはできなかったし、収集された頭蓋骨は生きた狂態を見せてはくれなかった。

彼は狂人のすべてがほしかった。

そこで瘋狂院の主となった。彼は患者たちを彼なりのやり方で溺愛した。

彼の自慢の収集品の中にあるのは、たとえば軀から百合の香りのする娘。これは色情狂の一種。当人の兄である若い見習い医師からの寄贈品であり、院長は医師組合《ギルド》内でこの兄を昇格させる後ろ盾となってやった。

たとえば、放蕩の挙句に正気を失って筆を折った高名な画家。これは養女を殺したという噂さえある。

たとえば、見えぬものを見る塑像家。この小男は盲目であったが、見えるものを象ると言って手探りで粘土を捏ねて巨大な塑像を造る、それがこの世の生き物とは似ても似つかぬ奇怪な姿をしている。

たとえば、女の格好をし、魔女と恐れられた男。これは一族の者を呪い殺したと言われているが、院長に言わせればおそらく毒殺である。

たとえば、おのれを鳥と思い込んでいる女。これは住民全員がおのれを鳥と思い墜死した村の、唯一の生き残りである。

たとえば、耳の聞こえぬ音楽家。これはつねに架空の鍵盤に指を走らせており、当然音は発生しないにもかかわらず、おのが狂気を他に感染させる力があり、周囲の者も音楽が聴こえると言い出すのである。この狂気の伴走者の最もよい例である狂人は、もともと大人しい良家の娘だったのが急に暴れ出して手のつけようがなくなり癲狂院に収容された、というところまではごくありきたりな患者であったのだが、同室にこの音楽家が入ってきてからというものその狂乱は次第に舞踏へと組織され、試しに引き離してみると、見えるところにいないはずの音楽家が架空の鍵盤に触れるや否や、まるで音が聞こえているかのように踊り出すにまで至ったのである。

院長室には、患者たちの骨格標本やホルマリン漬けの屍体が並んでいる。

百合の香りの娘が入院してきた日から画家の様子がおかしくなった。娘の香りは正気の者の頭をも危うくするが画家の方にも感応するものがあったのだろう。

医学よりも富を愛する副院長はこの画家に再び絵を描かせようという計画に執心していた。筆を折った高名な画家を〈治療〉してみせたとなれば院の世評が高まるだけでなく、絵をあるいは画家を一目見ようと見物人が押し寄せ、寄付金を落としていってくれるだろう。ただでさえ近頃は、癲狂院や監獄、救貧院、貧民窟の見物が有閑階級に流行していたのである。

院長はといえば、芸術にはとんと興味がなく、画家が筆を折ったのもむしろ多少正気を取り戻したくらいに思っていたが、狂気の再現にはむろん無関心ではない。狂気を作り出すすべがわかるなら、その癒《なお》し方もわかる道理だし、狂気にも使い途はある。芸術は、彼ほど頭脳明晰でない者たちを動かすには役に立つ。

そこで様々な〈処置〉が施され、その中にはおそらく百合の香りのする娘を利用したものもあったのだろう。画家は癲狂院の大食堂に壁画を描き始めるが、繰り返される処置ののちに自殺を図った。

その夜起きたことを、どれだけひとりの魔女の行いに帰するべきかわからない。魔女自身にもわからないに違いない。しかし魔女は焔を煽る風であって、焔はすでに赫々と燃えていたのだと言うべきだろう。

……死んだはずの画家が眼を開いた。鍵のかかったすべての扉が開いた。患者たちが波となって扉から溢れ出して来た。その波は看守たちに襲いかかった。

魔女は院長室に飾られていたすべての死者を、庭と外界との境に埋葬した。すると死者たちによって囲まれたそこは聖域となり、魔法の城となった。

帰る処があるものは帰るといい、と魔女は宣言した。行く処があるものは行くといい。会うべき相手がいるものは会いに行くといい。行くあてがないものは、ここに残るがいい。

その日から、塔を訪れるものはいなくなった。そこに癲狂院があったことを記憶しているものはいなくなった。塔は永遠に夜であり、夢と休息の時間、逃げるものに隠れ処を与える時間であり、行き迷うものだけがこの塔を見出し、みずから望むものだけがこの境界を踏み越えた。

患者たちのあるものは去り、あるものは残った。魔女はひとり魔術の研究を続けた。塔の住人たちに永遠を手に入れてやりたかった。かれらを死なせたくなかった。苦しんで生き、あるいは死んだものたちが、ようやく自由を得た矢先に、呆気なく死んでしまうのが遣る瀬なかった。

しかし永遠はつねに遠く、ひとりの少女が迷い込んできたときにはすでに残された時間も尽きかけていたに違いなかった。

＊

目を覚ましたとき、薄紫の煙でできた竜がイリュアンの胸に乗ってその顔を覗き込んでいた。イリュアンはキアーハの書斎の寝椅子に横たわっていた。キアーハがそばに座っていた。

「……シーランはどうしてる？」

そう尋ねると、キアーハは翳のある微笑みを頬に刻んで、

「いまは鬱《ふさ》ぎ込んでるよ。気にしなくていい、絵を描いたあとはいつものことだ。普段は絵のことなんか忘れているが、時々ああして夢遊病者みたいに絵のところへふらふら引き寄せられることがあるのさ。人が変わったように描き続けては、そのあとひとしきり自己嫌悪に苛まれる。じき元に戻る。おまえを養女と間違えたことも、そうすれば忘れてしまう。おまえがイリュアンだってことは普段はちゃんとわかっている。……イリュアン、泣いているのか？」

キアーハは困ったような顔をした。「……イリュアン、ここを出て行きたくなったら、いつでも出て行っていいんだよ。おまえもわかっているだろうが、ここは――」

「いや」イリュアンは頭を激しく振ってかすかな悲鳴を上げた。「追い出さないで。ここにいさせて」

「追い出すなど」キアーハの声が蠟燭の火のようにほんのわずかに揺らめいた。「おまえはいたいだけここにいていい。だがわたしたちの誰も、おまえを無理にここに留めることなど望んではいない」

「誰があたしを連れ戻しに来たとしても、あたしを奴らの手に渡したりしないで」

イリュアンは寝椅子から身を起こして深く座り直した。

「あなたは一度も尋ねなかったのね、あたしが誰でどこから来たのか、何から逃げてきたのか」

「話したがらない者に無理強いに答えを求めるだけの価のある問いなどありはしないよ」

「有難う、キアーハ」少女はキアーハの土気色の手に手を重ねた。「あたしはいまこそ話したいの。なぜなら、ここに来てから忘れていられたことを、あたしの旧いお友達のフュルイが思い出させるから。悪い夢だと思っていたのに、その悪夢が追いかけてくるの」

「話して御覧、イリュアン。おまえの好きなように」骨張った手が少女の髪に触れようとして、中空で躊躇ったのちに引っ込められた。「大丈夫、わたしは聴いているから」

「あたしはね、ずっと教団にいたの。教団で生まれて育ったわ。教団の人たちはみんなあたしを愛してくれた。あまりに愛しくて食べてしまいたいって眼でみんなあたしを見たわ。幸せなことだと思うの。おまえほど幸せな娘《こ》はないねっていつも言われたわ。だけれど、それなのに、どうして……」

イリュアンの声はものがなしい歌のように、書物の海の上を揺蕩った。行きつ戻りつし、立ち止まり、飛躍し、それからまた同じところを何度も巡った。みずからの旅の行き先を知らぬ旅人のように。声はときに慄え、沈み込み、あるいは完全に沈黙した。

リュガ、というその男が憎いの、と少女は言った。

「はじめてひとを憎んだの。誰か一人だけ選んで命を取っていいと言われたら、迷わずあの人を殺すわ。そうしたらようやく、深く眠れるような気がするの。からだじゅうにべっとりとついてしまった垢を削ぎ落とすには、自分の皮膚ごと剝ぎ取らなくてはいけないような、そんな気持ちなの。でもわからない。なぜなのかわからない。ローローの聖典註釈書によるとね、だれのことも憎んだことがない者は、だれのことも愛していないのですって。あたしはすべてを愛していたけれど、憎んだことはなかった。あの男のことは愛していない。いいえ、他のすべての人とまったく同じように愛している。憐れに思う。幸あれと願っている。でも彼のことだけは、同じくらい——死んでほしい。そうじゃないのかしら？　そうじゃなくて、ローローの言う通りだとしたら？　あたしはいままでほんとうにだれのことも愛したことがなくて、あの男に向けるこの憎しみだけがほんとうの愛だとしたら？　いや。そんなのはいや。あたしの精神《こころ》、あたしの思考《かんがえ》は、あたしが一番よく知っているはずなのに、皆が寄って集《たか》って、おまえはほんとうはそうは思っていない、こう思っているはずだ、こう感じるべきだって、それならはじめから感情も意志もない人形だったらよかった、そうでしょう？　誰も触れない水晶の函のなかにあたしの意志を閉ざして、あたしはからっぽの骸になれたらうれしいわ。あたしが一番怖かったのはね、もしこれが、皆があたしに望む愛なのだとしたらってことなの、こんなにみじめで、苦しくて、自分を切り裂きたいような気持ちでいることが、なにかの間違いでさえなくて、正解なのだとしたら、それがたったひとつのあるべきありようなのだとしたら——

「すべてを愛していたって言ったでしょ、でも、あたしはもう、何ひとつ好きではないという気がする。金菫の花も翡翠いろの蛇も火迷鳥の歌声も、美しいと思えないの。いいえ。美しいことを美《よ》いことだと思えない。つがいになるためなんでしょう？　花が咲くのも、鳥が歌うのも……。そうして、子供を残して生き継いでいくための。樹々が青いのも、魚が泳ぐのも、生きているからで、生きるためで、生きるっていうのはそういうことなんでしょう？　いまあるこの世界をこのまま残していくためなんでしょう？　あたしはもう、花が咲いているのを見るとぞっとしてならないの。憐れでならないの。

「でもあたしは、たぶんもとから何も好きじゃなかったんだろうな。好きではないけれど愛《かな》しかった。憐れだった。何もかもが、みじめで、可愛くて、可哀想だったの。助けてあげたかった。でもあたしに何ができるの？　造物主にお願いすればいい？　この世界を今すぐ消してくださいって?」

イリュアンの声は嗚咽に沈み込んだ。キアーハは黙って骨張った手を組み合わせていた。

長い時間が経って、嗚咽が尾を引いて消えていったあとで、キアーハは、

「あんたはこの世界を厭うているのだね」

少女は言葉の重さを推し量るように黙っていた。

「造物主の創ったこの世界を」

「そうしたら、あたしは魔物になってしまう?」思い切ったように少女は顔を上げた。

「魔物で何が悪い?」キアーハは言った。

5

「あの少年が来た日、おまえは言ったね、二人きりにはしないで、と」

キアーハは言った。「もしもおまえが、イリュアン、あの少年のこれ以上の来訪を望まないなら、拒むこともできるのだよ」

しかし塔は、キアーハは、みずから望んで出て行くものを引き留めないのと同様、みずから望んで訪ねて来るものを拒むことはないと、イリュアンにはわかっている。

「そういうわけじゃないの。あの子はあたしの友達だったわ。それに、あの子は——。自分ではわかっていないでしょうね。でもあの子がここへ来るのは、自分で思っているよう

に、あたしを連れ戻すためではないの。苦しんでいるのはあの子なの。隠れ処を求めて来るものを拒むことは望まないでしょう？　あなたはあたしの望まないことをさせようとしたことはない。あたしもあなたにそんなことはしたくない」

「こんなところにいらしたんですか」

少女の横顔に声をかけ、隣に並ぶと、狭いアルコーヴはいっそう息苦しく感じられた。〈魔物〉たちの目を盗んで少女がひとりでいるところを探しに来たにもかかわらず、かれらがどこかから絶えず自分を見つめている、という疑心暗鬼は強まるばかりだった。

少女は窓に頭を凭せかけて外を眺めていた。そんなに熱心に見つめるようなものがあるのかと、隣に並んで見上げてみると、鈍色の空に埃めいたものが散っているばかりだった。

少年はふいにたまらなくなった。どう切り出したらよいかわからずにいた言葉が、ふいに口をついて出た。

「僕があなたを助け出してあげます」

少年はそう云った。

少女は窓の外に目を奪われたまま、

「何から？」

とつぶやくように聞いた。

「何って、この何もかも。〈魔物〉たち」

「魔物ね……。かれらこそ魔物なのかもしれない。あたしはずっと、自分が助けを求めているとも知らないときから、助けを呼んでいたような気がする。でももう助けはいらないわ」

「駄目です、諦めては」

「諦め？　そうではないのよ。あたしはここにいて、ここからあの場所のことを考えることができる。忘れることもできる。塔が絶えず動いているのはどうしてかわかる？　古いかなしみを忘れたいからなんですって。あたしは、すでに起きてしまったことは決してなかったことにはできない、ということをよく考えるの。きみの顔を見ると特に。囚われていると言ってもいいのかもしれない。でもあたしはここで自由なの」

「ええ、あなたは自由であるべきです。僕があなたを守ります。だから戻りましょう。戻ってやり直すんです」

「戻るってどこへ？」

「どこへって、教団にですよ」

少女は打たれたように振り向いた。その眼には恐怖の色が浮かんでいた。例の〈魔物〉が立っているのではないかと、少年は思わず背後を振り向いた。

「怖がらないでください。大丈夫ですよ。ここには誰もいませんし、僕は密告などしませんから」

それとも盗み聞きでもされているのですか、と言おうとしたとき、

「戻れやしないわ」突き放すような声だった。「いまさら、あんなところに――。第一、

一度去った者を受け入れるような人たちでもないわ」

「戻れますよ。大丈夫です。やり直せます。皆も喜んで受け入れてくれる」

「やり直しているわ。あたしは、ここで――。あたしには戻るところなんてないの。あたしのいる場所はここ」

「あなたは戻って、立ち向かうべきです。ご自分の犯した過ちに」

「正直に言って頂戴。きみは誰の意志で来ているの、あのひとたち、それとも――」

「無論自分の意志です。信じてください、僕はあなたの味方です。ここへも奴らの目を盗んで来ているのだから――」

「わかったわ、でももう行って。ひとりにして。きみも、ここに来ていることが知れたら危険なのだから」

　これは何についての物語なのだろう？　囚われの少女を救い出して英雄となる少年の物語か。そうした物語は何度も繰り返し語られてきた。繰り返し語られる物語には力があり、物語は――それは人間であることもあり、世界であることもある――力のある物語を模倣する。

　だから、この物語もそうなるさだめであり、それを避けたければ、窓を開けてまっすぐ物語の外へ踏み出してゆくほかないのかもしれない。

少女のいない間に、市ではいろいろなことが起きる。

寝付いていた第一教父の容態が悪化し、人々は声をひそめて魔物たちの噂をする。この市は呪われている。呪いをかけているのは――

流しの司書がこの市にやって来たこともある。司書たちはひとつの文書館に腰を落ち着ける前に、修行として諸国を放浪する。書物から吸収した知識を人々に授けて代わりに書物やその写しを集めるのである。

少年は日が沈んでから、一冊の書物を懐に忍ばせて司書の泊まっている旅籠屋を訪ねた。〈学苑〉に忍び込んで、人目につかないところに押し込まれている、なるべく古くてつまらなそうな註釈書を抜き出してきた。

しかし若くして頭の禿げ上がった司書は、魔物について尋ねられるとありとあらゆる国の魔物の伝承を並べ立てはじめ、しびれを切らした少年がそれを遮って今度はあの古い塔の来歴を尋ねると、しばらく目を瞑って沈黙したのち、驚いて目を瞠《みひら》いた。自身の精神の書庫に降りていき、その建物についての記録もわずかの言及も一切見当たらないという事実を見出したのだ。いつ、誰が、何のために建てさせたのか、まるでわからなかった。

「では調べてください。あなたは本が読めるのだから」

「その義務はない。魔物については充分答えたではないか」

「あなたの答えは役に立たなかった」

「では質問が悪かったのだな」

司書は言いがかりをつけられたと言いたげな顔をして報酬の書物を要求したが、少年は譲らなかった。結局、近隣の文書館に司書から問い合わせの手紙を出すという取り決めで妥結となった。返事はこの旅籠屋に届けられることとなった。

逃げましょう、と少年は言った。

「フュルイ」少女は聞き分けのない子供に対するように辛抱強く、「あたしはここにいたくているの。心配しないでいいのよ」

「誰があなたにそんなことを言わせているんです」少年は切口上で、「あの魔物がそう言えと言ったんですか」

「魔物って誰のこと」

「あなたは以前、帰りたくても帰れないと言われましたね」

「言わなかったわ」

「言いましたよ」

「思ってもいないことを言ったりはしない。あたしの家はここだもの」

「違う。ここは魔物の巣です」

「それなら、私も――」魔物、と言いかけた言葉を少年は遮って、

「ミュザイ、あなたが奴等に脅されでもして無理矢理そう言わされているのか、魔法でほんとうにそう思い込まされているのかはわかりません。でもそれがあなたの本心ではない

ことはわかる」

「自分の心がわかっていないのは――」きみのほう、と言いかけて、少女は悲しげに首を振った。

「ではあなたはみずから望んでここにいるとでも言われるのですか？　あなたはそんなにも悪に魅入られてしまったのですか？　教団では憧れの的で、教父さま方にさえ期待をかけられていたあなたが」

少女は軽く唇を噛んだ。

「いいえ、あたしはだめだったわ――」

「なぜ、どうしてです？　あんなになにもかもうまく行っていたのに、なぜ姿を消したの？　なにもかも完璧なあなたの、すべてを恵まれたあなたの……。あなたとリュガは誰もが羨む似合いの二人でした。あなたのどんな弱みに魔物は付け込んだのです？　教父さま方に一度叱責されただけのことを根に持っているのですか？　どんな甘言を囁かれたのですか？　お願いだから何か言ってください。そんなふうに黙ってないで」

少女は頭痛でもするかのように顳顬《こめかみ》を押さえていたが、顔を上げないまま弱々しく、

「あたしを放っておいて。あたしを忘れて、二度とそんな話はしないで」

「逃げるのですか？　あなたは過ちを犯したのかもしれない。でも皆は赦してくれるはずです。あなたが悔い改めて教団に戻りさえすれば。あなたは今まで過ちなどを一度も犯したことがないから、一度過てばすべて終わりだと思っておられるのでしょう？」

ほんのわずかに挑発的な光が少女の眼の中に閃いた。

「あたしは過ちを犯したの？」

「こんなところにいることが、過ちでないとでも言うんですか」少年は苛立って声を荒らげた。「魔物と誼《よしみ》を通じること以上の堕落がありますか？　あなたほどの恵みを身に受けながら、造物主に背を向け、教団を裏切って逃げ出して、」

「いけないかしら？　これが堕落だとして、ここが魔物の家だとして、造物主に罰せられるのはあたしでしょ」

「なんて罰当たりなことを言うんです。あなた――あなたは誰です」

「何度も言っているでしょう。あたしはイリュアン。きみのミュザイじゃない」

「いいえ、いいえ」少年は激しく首を振った。眼には労《いたわ》しげな光を湛えて。「あなたはミュザイ。僕たちの太陽です。僕たちの太陽に戻ってください」

少年は心底から悲しげだった。

「戻りましょう」少年はきっぱりと言った。「ここはあなたにとって毒なんです。魔物たちが絶えずあなたを誘惑し、惑わしているから。あなたはいま、まともな判断ができないんです。病気なんです。教団に戻れば憑き物が落ちて、元のあなたに戻れるでしょう。戻してみせますから」

「あの少年、また来ているのか？　早く追い払ってしまえばいいのに」

シーランが言う。

「われわれは助けを求める者を拒まない。そうだろう。イリュアンもそう決めたのだ。彼はイリュアンを助けるつもりで来ているが、助けを必要としているのは彼の方だ」

「自分が助けを必要としていることに気付かない者は助けを求める者ではない。求められないのに無理に与えることはわたしたちのしたいことでもなければ、すべきことでもない。そうだろう?」

「その通りだ」

「あの少年が来るようになってから、イリュアンは悩んでいるわ」ジュナが言う。「彼はイリュアンを理解しようとはしない。鳥籠を出ようとはせずに、逃げた仲間を鳥籠に連れ戻せば満足なのよ」

「イリュアンの意志だ。われわれが鳥籠になってはいけないよ」


司書からの手紙は待てど暮らせど来なかった。少年は次第に、力尽くでも少女を取り戻そうという気持ちになってきた。塔の連中も少年の来訪に慣れ、警戒を緩めてきている。決行するなら今だ。

*

イリュアンは夢を見た。

いつものように少年がやってくる。どこか思いつめた様子をしている。いつものように窓を見せる。いつものように少年は興味を持たない。

少年はいつも、どこか焦ったような、こんなことをしている場合ではないのにというような、様子をしている。

少年はいつも、ここを見ていない。

角張った小さな壜。少年はそれを懐から出して飲むように勧める。玻璃の影。透き徹った碧い液体。

そこまでは、あるいは現であったか。

断絶があって、少年に手を引かれて歩いている。ここからが夢？　場所はいつの間にか少女の部屋ではなく、廻廊や階段になり、塔の外になる。どこへ急いでいるのか。少年の焦りが、怯えが、握られた手から伝染する。何を恐れているのかはわからない。足が縺れてうまく歩けていないような気がする。

逃げているのだ。何から？

少年は幾度も振り返る。彼女がすでに握った手をすり抜けて消えてしまったかのような顔をして。それを、少女は深い水の底に沈んで見上げているような気がする。

眠い。

ゆるやかな斜面をくだって、影のなかへ、なかへと盗むように、庭の、端のほうに向かっている。

眠い。

（細長い手が翡翠いろの鏡を伏せた）

そこから先へは、行きたくない、と思うのに、声が出て来ない。

キアーハがなにか言っている。キアーハはいつからそこにいたのだっけ？　でもきっと来てくれるのはわかっていた。

（盗人のような真似はしてほしくないね、少年。我々は君を客人として扱ったのに）

振り返った少年の顔の中で、眼が大きく開いている。

キアーハがなにか言い、少年がなにか言う。

（君は君の意志でいつでもここを出て行ける。その子もだ。意志に反して拘束するような真似は我々の望むところではないから）

少女はとてもねむたい。

（だが、君がその子を意志に反して連れ出そうとしているのを見過ごしにはできないね）

潮が満ち、舫い綱が解かれて、舟がおのずと沖へ出ていくように、少女は解き放たれてキアーハのもとへ戻っていく。優しい腕に抱き取られて、その胸に眠い頭を預ける。

（おまえは卑怯だ、魔物。黒魔術で彼女の心を縛り、四人にしている）

（出るも入るも、一人ですることだ。一人でお帰り。そしてまた来ることを望むなら一人でおいで）

最後に、こちらを睨みながらぼろぼろと涙を流す少年の顔を見たような気がする。

不思議に生々しい夢だった。

その夜のことをキアーハに聞いてみたこともあるが、はかばかしい答えは返って来ず、ただの夢だったのだと思う。

*

これでよかったのかもしれないと、しかし少年はふと思った。〈魔物〉たちがミュザイを苦しめたり自由を奪ったりしている証拠が、どれだけ塔に通っても見つからない。見つからないことがかえって少年の不安を煽り、見えぬところで行われている悪への想像を逞しくさせるけれど、彼にはわからない理由で、〈魔物〉たちはミュザイに優しくしており、ミュザイは無理強いされることなく彼らのもとに留まっているのだと、もうそろそろ認めてもいい頃合いなのではないか？

一通の手紙が旅籠屋で彼を待っていることを告げられたのはそんな折だった。折れ曲がった羊皮紙の表に記された差出人の名に覚えはなく、臙脂色の紐の封を解き、くどくどしい前置きや儀礼的な挨拶を読んでもなお内容に思い当たるふしがなかったのだが、手紙が本題に入ってようやく、ひどく昔に思える日に流しの司書に調査を依頼したことを思い出した。手紙の内容にももう用はないだろうと思いながら、惰性のように文字を追っていくと、本題の部分は、司書ならぬ少年にも読めるよう、簡単な字でこう記されていた。

かのたてもの、かつててんきやういん也。せきがくナルシャアルはかせにより、翠銅鉱の紀、樫の年、水母の月、兎の週、赤子の日にそうりつされしも、針水晶の紀、山査子の年、鯨の月、狼の週、老人の日にてきろくとだえたり。きやうじんのうけいれ、しよくりやうのかひいれ、いしのにんめん、めんかいしやのほうもん、そのたいつさいのきろくなし。でんせんびやう或はそのたのよしによりてきやうじん、いしともにぜんめつせしものとすいそくす。或はたんなるぶんしよのさんいつ乎《か》。しらず。


手紙を握る少年の手が次第に震え、目の前がくらくらした。

あれは魔物ではない。狂人たちだった。そして犯罪者だった。

少年は複雑怪奇な文書館暦を単純明快な教団暦に換算しようと幾度か暗算を試みたが、頭に血が上ってうまくいかなかった。厳密な日付は問題ではない、と彼は思った。

それよりも、今すぐにでも塔へ行かなくては。確かめなくてはならないものがある。

計算をしていたなら、癲狂院の記録が途絶えたのが二百年も昔のことであったのがわかっただろうに。

＊

「ミュザイ、一緒に逃げましょう」

少年はアルコーヴに潜んで少女を待ち伏せていた。昼間から悪戦苦闘して庭を掘り返していたため、手は泥に汚れ、額に汗が浮かんでいた。

少女は後退った。

「あたしはイリュアンよ。ミュザイじゃないわ」

「あなたはここがどんな場処だかご存知ですか。あの連中がどんな人間だか、ご存知ですか」

「ここはここ、あのひとたちはあのひとたち。キアーハはキアーハ、シーランはシーラン――」

「ここは癲狂院です。癲狂院でした」

知っている、と少女は思った。

「あの連中は魔物なんかじゃなかったんです。狂人でした。癲狂院の監視人たちを殺して埋めたんです。それで今は我が物顔にこの建物を占領している。その証拠に、庭には殺された者たちの白骨が埋められていました。この眼で見たんです」

疑うならご自分で確かめてください、と口走りながら、あんなものは絶対にこのひとには見せられない、と思った。

庭を掘り返して探し出した、何体もの白骨を思い出すと吐き気がした。

「それがどうかして？」

「あなたというひとは」少年が声を荒らげた。「危険なのがわかりませんか。何をしでかすかわからない狂人たちと、いや、人殺しと一緒にいるなんて。こんなこととわかっていたら、もっと早くに――」

「狂人でも魔物でもいいわ。あたしだって」そう、と言おうとしたのを遮って、

「やめてください。真面目に話を聞いて。あなたは、どうしてそんなことばかり言うんです」少年は心から悲しそうに言った。「あなたは、すこしおかしい」

「はじめから、そう言ってるでしょ」

「奴らはあなたに何をしたんです？　あなたはそんな人じゃなかったでしょう。あなたまで自分の頭がおかしいと思い込まされてしまったんですか？　だから教団に帰って来られなかったんですね？」

「きみが知っているのはミュザイとかいう人でしょ」

「ミュザイはあなたです。あなたは聡明で冷静で、優しくてまっすぐな、僕のミュザイですよ。それだけは確かです。帰りましょう。ここにいると僕まで気が狂いそうだ。教団に帰れば元のあなたに戻れます。戻してみせます。一度帰って、それでもあなたの考えが変わらなかったら、そのときは」

そのときはまたここに戻ってくればいい、と嘘を吐いた。

「キアーハやシーランやジュナが正気を失っているのなら、そんな正気にはあたしだって用がないのよ」

「あなたはここに監禁されているわけではないのでしょう？　あの〈魔物〉がそう言っていました。そう言ったからには、邪魔するわけにはいかないはずですね。そして、いつでもここへ戻って来ていいと〈魔物〉は言った。奴らを信用するなら、躊躇う理由はないはずです。信用しないなら猶更。僕は今夜、門の外で待っています」

「フュルイ、あたしの話を――」

「今夜、夜が明けるまで。自分の足でそこまで来てください」

「フュルイ――」

「これが最後通牒です。僕は今日、あなたにお別れを言おうと思って来たんです。これ以降は二度と来ませんから」

6

開け放した茨の門をはさんで少女と少年が向かい合っていた。少女の目には、すぐそばにいるはずの少年の顔が、靄を通したように朧げに見えた。

「断りに来たのよ」少女は囁いた。「待っていなくていいって。外は寒いのでしょう。早く帰りなさいな」

少女には塔の外を流れる時は縁のないものだったから、少年の指定した時間がいつ尽きるのかもわからなかった。門の向こうの少年にもこちらが見えているらしいから、向こうも夜なのだろうとわかるだけ。

肩に乗せた煙の竜が、夜風に吹き消されそうにはかなく思える。

「いいえ」少年は言った。「あなたは逃げるためにいらしたんです。ご自分でわかっておいでてしょ」

「ではきみがここへ来たのは何のため？　何から逃げるため？　きみがいまあたしを連れ戻そうとしている、あの教団からではなくて？　きみにはそのことがわかっている？」

「僕がここへ来るのは、あなたを愛しているからです」

「いいえ、フュルイ、きみはあたしを愛しているのではない――きみが思っているような意味ではね」

「何を言っているんです」

「きみが愛しているのは――きみが美しいと思い、憧れ、ほしいと思っているのは、リュガでしょう？　そして、あたしが消えたのを慶ぶのではなく、リュガのためにあたしを連れ戻そうとするきみも、たいがい異端なのよ」

「あなたは残酷なことを言う」声が口惜しさに尖った。「あの麗しいリュガが、僕のようにつまらない生き物に好意を寄せられていると知って、嬉しがるとでも思うのですか。嘲り、笑いものにし、嬲《なぶ》るのがせいぜいですよ。僕を無視しなかったのはあなただけです、ミュザイ。感謝しているとでもお思いですか？　僕がどんなに惨めだったか、あなたにわかりますか？　ミュザイ、僕はあなたになりたかった。あなたは僕のほしいものをすべて持っているんですよ。それなのにどうしてすべてを捨てて逃げるなんてことができるんです。あまりにも馬鹿にしている。僕はあなたを赦せない。絶対に赦せない」

突然牙を剝いた少年の憎悪に、少女は言葉を失った。門のむこうから、嗚咽に似た音が続いて、やがてひっそりと静まり返った。

風の音だけが聞こえる。

「――フュルイ？」

「赦して、ミュザイ」

苦しげな声が囁いた。

「心にもないことを言ったんです。僕はくだらない人間なんです」

風が、引き留めようとするかのように、少女の首を取り巻いた。

「お願いです、ミュザイ、戻ってきて。僕のいる世界に戻ってきてください。うつくしいものも、価値あるものも、すべてあなたが教えてくれた。あなたがそのすべてを捨てて消えてしまったら、僕は何を信じて生きたらいいんです。僕のほしいものをあなたがすべて持っているのではないんです。あなたが持っているすべてを僕はほしいと思うんです。だから、僕と一緒にいてください。いなくならないで。置いていかないで」

「では――きみがここに残ればいい。あたしたちと一緒に、ここで暮らせばいいわ。きみは、フュルイ、きみは優しい。あの世界で暮らせる人ではないわ。きみが苦しむのは、あんなところにいるからよ」

「誘惑しないで！」少年の叫びは鋭かった。「狂人たちと暮らせと？　ほんとうにそれしか術がないのですか？　苦しまないためには正気を失うしかないのですか？　あなたはもっと強い人だったのではないのですか？」

強くなんか、と少女は気圧されてつぶやいた。

「厭だ、そんなあなたなんか見たくない。見たくない」

ぼくはほんとうに、と少年は言った。あなたのことが好きだったんですよ。

「あなたが好きでした。なにもかも、ほんとうになにもかも、あなたがいなければ耐えられなかったでしょう。あなたは僕の、たったひとりの友達でした」

靄の向こうで少年が背を向ける気配がした。

「さようなら、僕のたったひとりの友達」

「待って」

小さく叫んだ少女の足が鉄扉をくぐり、庭の境界を踏み越えたとき、すべてが白く塗り潰された。夜が明けたのだった。

少女が思わず振り返ると、そこにもはや夜の庭はなく、しらじらと照らし出された塑像の群れがあるばかりだった。

「来て、くれるんですね」少年は手を差し出した。

庭の向こうにあるのは崩れかけた廃墟に過ぎなかった。少女は自分の肩に手をやろうとして、中途で止めて手を力なく落とした。

「行きましょう」と少年はもう一度言って、人形のように冷たい手を取った。「さあ」

＊

翡翠いろの鏡のかかった机の前にキアーハは座っていた。鏡には、月の光に照らされた庭の縁《へり》が映し出されていた。庭の外は映っておらず、それゆえ少女は――彼女は鏡に映っていた――鏡の外に向かって何事かを訴えかけていた。

低い月が少女の瞳を翠に煌めかせていた。鏡には映らない風が、少女の横顔に落ちる光と影の比率を動かし続けていた。非の打ち所のない比率を探し当てた瞬間に時を止めてしまおうとしているかのように。月の雫を振り払おうとするように、少女が何度か首を横に振った。風につられて、樹々の落とす影が命を持つもののように少女を背から包み込んでは離れた。

それが永遠に続くように思われた。

少女の口が、小さな叫び声を上げるように丸く開くのと同時に、片手が差し伸べられ――短い影を余韻のように曳いて、少女の姿は鏡の外へ流れ落ちた。その瞬間、鏡の庭は闇に包まれた。

キアーハは音を立てて鏡を伏せると、両の掌の間に頭を落とした。そのまま石化したように動かなかった。

「行かせてしまってほんとうによかったの?」

百合の香りがして、やさしい、憂い深い声がその背に毛布のように投げかけられた。

「行かせるも行かせないもないさ」顔を上げないまま答えた。「あの子は自分の意志で敷居を踏み越えた。去りたがる者を無理強いに引き留めることは我々のすべきことではない。したいことでもない」

「でもあれでは騙されて連れて行かれたようなものじゃないの。あなたは鳥籠になることを恐れるあまりに――」言いかけて、残酷に過ぎる続きは飲み込まれた。「――あの子が不幸になるのは見えているわ」

「あの子が私を呼んだときは」キアーハはしずかに言った。「どこにいようと迎えに行く。すぐに迎えに行く」

＊

少年はほんとうに信じていたのだ、籠から逃げ出した小鳥は戻って来れば歓迎され、たいせつに保護されていっそう貴いものとなると。やはり少年も異端であったのかもしれぬ。

朝靄の中から、急を知らせる鐘の音が響いてきた。

彼らが市に着いたとき、そこにはなぜか人影ひとつ見当たらなかった。少年が出掛けていたあいだに一人残らず姿を消してしまったかのようだった。

教団の中心部に近付いたとき、ふいにどこかで扉の開く音がして、ものがなしい歌声が流れ出た。葬送の曲だった。

花に飾られた黒檀の扉を押し開けると、花に飾られた大広間が姿を現した。花に飾られた棺を取り巻く人びとはみな、胸に髪に花を飾っている。教団の住人が全員その場に集っていた。第一教父の葬儀であった。

葬送の歌がふいに止まった。自分たちの姿を見出したためだ、と少年ははじめ気付かなかった。正確には、少女の姿を――とは。だからかれらが何に怯えているのかもわからなかった。

誰かが何かを叫んだ。魔物の花嫁、と言ったのではなかったか。

群衆の中で、敵意が泡のように、春の花房のようにふくらんだ。

魔性の娘が帰ってきた……どの面下げて？……魔物にみずからを売り渡した娘……あまりの美しさに、魔物に拐かされ花嫁とされた娘……魔物に誘惑され造物主に叛いた……いな、娘の方からその美しさで魔物を籠絡したのだと……なんのために？……復讐のため……教主さまに咎められたのを怨んでのこと……このところ起きた悪しきことはすべて……すべてあの娘の所為……第一教父さまを呪い殺させた……魔性の娘……

血の気を失いはじめた少年の傍らで、少女ははじめから、この帰路のはじめから、蠟でできた仮面のような顔をしていて、それはまるで、少年に手を引かれて帰路を辿りつつ、ほんとうは何時間も前にこの市に着いていて、このありさまをずっと見ていたかのように。気付くと少年は殺気立った群衆に囲まれている。彼等が口々に何を喚いているのか、もうわからない。ただ憎悪と恐怖に歪んだ顔、顔……。顔の壁から突き出された腕が少女をむずと摑んだ。すると壁は今度は無数の腕の生えた壁だった。無数の腕が少女を摑んで壁の中に引きずり込んだ。少年は自分が何を叫んだのかわからない。後ろから何本もの腕が絡みついて彼を羽交い締めにした。

――ミュザイが殺される。

少年はわけもわからず、溺れてゆく者のように藻搔く。

ふいに少年は彼を羽交い締めにしている者たちごと押し退けられる。群衆をかき分けていくのは、周囲より頭ひとつ分高い、輝くばかりの美丈夫だ。

リュガ、と少年は叫びたい。叫んだかもしれない。ああ、リュガ。来てくれた。ミュザイのために……。ああ、ミュザイを助けて……。

半ば暴徒と化した群衆でさえ、リュガには道を開ける。そうして開けた道の果てを、少年は見た、踏み躙《にじ》られた花のように横たわる者のところへ、恋人が辿り着き、そして、血に汚れた髪を摑んで引きずるように立たせるのを、太陽のように輝く手が細い首にかかるのを。

少年はそのとき鋭い笛の音に似た悲鳴を聞いた。それは彼の喉からほとばしっていた。なんら目新しくはない、そう、目新しいことではないのに、そんな愛しかたは、なぜだろう、なぜこんなにもおぞましく映るのだろう。そうだ、これは魔物たちに似ている、魔物とはこんなものだろうと、みずからに強いるように思い描いてきた、彼等の所業に似ている……。

痙攣する自分を見下ろすようにして、少年の意識はそんなことを意《おも》っていた。

鏡の間は暗く、十六面の鏡によって無限に増幅された教父たち、証人たち、傍聴人たちで混み合って見える。杖に縋って部屋の中央の壇に立たされた少女の姿は、どの角度からも他の者に遮られ、断片となって鏡の闇に泛ぶだけだ。

「造物主の教えにかけて、嘘偽りなく一切を懺悔せよ」

新たに就任したばかりの第一教父はそう告げたが、開廷から数時間、少女は一言も口を利かぬままであった。いな、茨の門を出たときから一言も。蠟でできた仮面の顔を俯かせて、血の滲む包帯を巻いた手足をほとんど動かすことなく。

教団の者たちが次々に現れては証言台に立つ。かれらは少女が魔物と通じ、教団を呪ったことを証言する。

少年は何度か証言台に立たされた。

「いいえ、第一教主さまを呪い殺すようなことを彼女がしたとは思えません」

「いいえ、彼女は拐かされ幽閉されていただけです。彼女自身が奴等の手先であったことなどありません。犠牲者です」

……少年が何を言おうと、少女が顔を上げることはなかった。

次の証人、リュガ、と進行役が読み上げた。

「リュガはおりません」僧のひとりが答えた。

「いずこにおる?」

「開廷前に、若者たちを引き連れて魔物の討伐にと。せめて審理が終わるのを待つよう止め申したが、血気にはやる若者のことゆえ」

塔に入る方法をリュガに教えたはフュルイ。憎悪に燃え立つリュガに強引に迫られていな、迫られなくとも教えたろう。

憎悪の穂先を逸らさねばならない。少年はそう思った。囚われの少女を連れ戻した英雄がひとりの平凡な少年だというのも似合わしくない、信用されないのも尤もな話。英雄はリュガでなければならぬ。リュガが魔物を殺し、ミュザイを解放する。物語を正しく書き換えなければならない。

だから少年は、振り上げた拳のやりどころを失ったリュガの前に、震える脚をおさえて現れた。リュガは少年を問い詰め、少年はさりげなくリュガを焚き付け、暴徒たちはリュガに従いていった。

……境界の要石のひとつを掘り返したことを教えたのだ。誰かひとりがその結界の破れ目から侵入し、ほかの要石を——つまり骨を——掘り返せば、塔の守りは失われるだろう。

「不可《いけ》ない」

そう言ったのは、滴り落ちる雫のようにかすかな声だった。

「呼び戻して。いますぐ彼を」

それが、茨の門を出てから彼女が初めて発した言葉だった。蠟の仮面に罅《ひび》が走っていた。

「わたしはどんな罰でも受けます。殺されてもいい。でもあのひとたちには何の罪もない。魔物でも何でもない。あの男……リュガが、あのひとたちに危害を加えてもよい理などどこにもない」

「もう遅い」

教父が答えた。

リュガが発ったはもう何時間も前のこと。とうに着いているころだ。

少女の指が手摺りに絡みついて、石膏のように白く硬い。少年の目には、少女が声にならない声で何かを激しく呼んでいるように見える。

＊

リュガを動かすものは何であったろう？　かれは快活であった。火のように明朗であった。与えられた少女を、彼は袖に飾る奇麗なボタンか何ぞのように受け取った。たしかにそれはよく映えた。それだけであり、自分の不注意から失くしなどしても一向構わない。だが奪われたとなると別だ。それはかれの沽券に関わる。

かれは、おそらく、自分ひとりをしか愛さなかった。数多い情人は、彼の美しい手頸を飾る宝石であって、そんなものはなくとも究極のところは構わなかった。それもまた、美貌のために見過ごされた異端性のひとつであったかもしれない。

だから、かれはせめて怒らねばならなかった。異端でないことを証すために、おのれの持ち物が奪われたら怒らねばならなかった。

かれは火がおのれの前に開けた道をひた走るように、ただ明朗に魔物の城への道を進むのだ。

*

男たちが踏み込んできたとき、キアーハは伏せた翡翠いろの鏡の上に頭《こうべ》を落としたままだった。男たちが茨の墻《かき》を越えて侵入し、庭を踏み躙り、館のあちこちを破壊して回るさまは、裏返したままの鏡に無益に映し出されていた。百合の香りの女が、男たちの前に立ちはだかるさまも。

「おい女、化物はどこにいる」

「化物などおりません」

「何を言う。美しい娘を拐かし、閉じ籠めた化物がここにいるだろう」

「それなら」とジュナは相手の顔をひたと見つめた。「鏡を御覧なさいな」

「出鱈目を言うな。吐け、貴様らの企みをみな」

リュガは腕を振り上げた――が、その手は虚空を殴っただけであった。リュガだけでなく、片手を上げておのれを庇おうとしたジュナまでもが、しばし茫然とした。

おのれがすでに死者であることを知らなかったので。

「貴様も化物か」リュガは歯噛みする。

ふいに、低く涼やかな声があたりの空気を打った。

「乱暴はおよし」

階段の上に、黒紫色の女の影が立っていた。

娘はキアーハの姿を目にして胸を衝かれた。キアーハが伏せた鏡の上に頭《こうべ》を落としてじっと動かずにいるのを彼女は知っていた。その悲しみの邪魔をできる限りしたくなかったのである。

「まったく、次から次へと厄介なものが来る。……お行き」

後半は娘に向けて。

「聞いたろう、あんたの探しているものはここにはない。もしかしたらどこにもないかもしれないが。もと来たところへ戻るといい」

その言葉が終わると同時に、男たちは顔に恐怖や戸惑いや驚愕の表情を泛べながら、足はくるりと回れ右をして、絡繰人形のようにいっせいに部屋を出ていった——一人を残して。

「さて、リュガ君といったか」遠ざかる跫音の中で、キアーハは残る一人に向き直った。「あんたには選択肢を上げよう。自分の意志で出ていくという選択肢をね。だが急いだ方がいい。私が、あんたにとって危険な存在になる前に」

リュガはといえば、足が竦んで逃げようにも逃げられなかった。〈魔物〉が冷たい笑いを泛べて見守っていた。見えない壁が四方から迫ってくるように感じられ、冷たい汗が彼を溺れさせた。こんな憎悪を、こんな恐怖をこれまで知らなかった。彼が誇る剛毅も何の役にも立たなかった。

殺される、と思った。あるいは死ぬより非道い目に——魔物はどんな拷問をするのだろうか——？ 意識に霞がかかっていくのを感じる。

ふいに〈魔物〉の視線が逸らされた。どこか遠くの物音を聞きつけて、獣が耳を立てるよう——

と思ったときには、その姿は煙のように消えていた。

＊

裁きの場に立つ全員が、背筋に寒気を覚えた。鎖を巻いて閉ざした、重い黒檀の扉の前に、いつの間にか黒檀より暗い影が立っている。その影に冷然と見下されると、誰もが深い羞恥と恐怖に身動きもできなくなるような。

沈黙の中に、少女の声だけが響いた。

「キアーハ……？」

人影は答えた。

「おまえが呼んだから、迎えに来たのだよ、イリュアン」

彼女《そのひと》は黒い魚影のように優雅に少女のもとへと歩み寄った。

少女は挫いた脚をかばってゆっくり立ち上がったが、数歩歩くうちに痛みを忘れ、追われた子鹿のように彼女のもとに駆け寄った。

彼女《そのひと》にしがみついて、氷が溶けるように少女は泣いていた。

彼女《そのひと》は長身を折り曲げて、少女の背に腕を回した。

少年には、キアーハはいつになく顔色が悪く、疲れて見えた。低くやわらかい声には重い疲労の響きがまざっていた。銀貨にまざる鉛のように。

＊

呪縛から解き放たれて、リュガはあたりを見回した。〈魔物〉は消えた。どこにもいない。

この隙にと、書斎の奥へ飛び込んだ。この中にきっと、魔法の道具や何かが隠されているに違いない。何か使えるものはないか？

しかし書斎はあまりに広く乱雑で、どこから手を付ければよいやら見当もつかない。探索している間に〈魔物〉が帰ってきてしまいそうで、気が気でなくなってくる。あたりに並ぶ壜やら秤やら標本やらはどれも妖しげだ。手を触れると呪われるのではないかという思いが頭に浮かぶ。

彼は出し抜けに机上の洋燈《ランプ》を引っ摑むと、書棚に向かって投げつけた。硝子が割れ、油が飛び散って、積み重なった紙束が瞬時に燃え上がった。炎は軟体動物のように、次の紙束へやわらかく触手を伸ばす。

彼は息を切らして部屋を飛び出し、窓に駆け寄る。外では彼の引き連れてきた若者たちが、白昼夢から覚めたばかりの顔をして、自分はなぜこんなところにいるのだろうと戸惑っている。

「焚き付けを集めろ」と彼は窓から身を乗り出して叫んだ。「燃やせ。燃やすんだ」

＊

少年の目に、キアーハは不思議にゆらめいて見えた。砂に描いた絵が、風の前に揺れ動くように。

＊

焔の中で翡翠いろの鏡が罅割れ――

＊

砂に描いた絵を風がかき消した。

彼女《そのひと》はどこにもいなかった。

少女は虚空を搔き抱いていた。

「キアーハ！」

少女の悲鳴が空間を引き裂いた。幾度も切り裂いた。

7

少女の身は離れの塔の一室にあった。身重であった。何も食べようとせず、眠ろうとしないので、薬を打たれて人形のように眠らされ、栄養を流し込まれていた。少女の顔の半分は焼け爛れて見る影もない。

塔が焼け落ちると同時に、魔物は誰の記憶からも去り、在るのはただ、古い癲狂院の跡地と、気の触れた家出少女だけになった。

数ヶ月前、少女はわれとわが身を傷付け、リュガを刺そうとした。駆けつけてきた男たちに取り押さえられたとき、彼女は暖炉の火箸で自身の顔を焼いていた。自死と堕胎と美の破壊は大罪であり、少女は厳重な監視のもと塔に閉じ籠められるに至った。

その子供は生まれなければならなかった。美しい少女と美しい青年の子供であれば、造物主の傑作となろう。

円形の部屋には、床面までの大きな窓がひとつ。板を打ち付けられて閉ざされている。部屋の大部分を占める、天蓋付きの古い寝台に斜めに横たわる少女の、白い夜着の下の軀は、奇妙に捩れているように見える。瘤のように膨れているのは、腹だけではない。

垂直に聳える石の壁を、夜な夜な攀じ登るものがあった。フュルイであった。かれは罪滅ぼしがしたかった。何を間違ったかはわからないが、何かを間違ったことはわかっていた。

夜ごと石の壁に攀じ登っても、少女の幽閉されている塔の天辺の部屋には辿り着かなかった。膚が裂け、爪が剝がれて血が流れ、瘡蓋の代わりに、爪の代わりに、鱗が傷口を覆った。翡翠《かわせみ》の羽の色にきらめく可愛らしい鱗であった。夜半《よわ》窃《ひそ》かに石壁に挑むときも、鱗は月の光に応えてきらめき、水晶の矢のきらめきが、それに応えて監視人の手から放たれた。そうやってできた傷の上にも鱗が生えた。

はじめは軽く引っかいただけで剝がれた。一枚剝がすと二枚生えてきた。ほんの少しだけ硬く、ほんの少しだけ大きく、ほんの少しだけ痒みを伴う鱗が生えてきた。引き毟ると淡い翠色の血が流れた。やがて剝がすのに激痛を伴うようになった。

そうして身体中を鱗に覆われた少年は、ある夜、手を滑らせて塔の濠へと落ちたのを最後に、二度と陸に上がってはこなかった。

だいぶ以前から陸上での生活に困難を覚えていたので。


少年が濠に落ちてのち、館の井戸から水を飲んだ者たちの皮膚に、ひそやかに鱗が萌え初めた。

はじめはごくささやかな症状であった。一枚か二枚、ごくやわらかいものが皮膚のどこかに生じるだけであり、美を重んじる教団の人々の間では、誰もが持っていながら誰もが恥じて隠す、ひそやかな悪徳のごときものとして衣の下に秘められていたが、首筋や手の甲、時には顔に発症した者こそ不運であり、公然の嘲笑と内心の憐憫との対象となったものである。

それは抜き忘れた体毛のように滑稽なもの、食事のあとのおくびのように不作法なもの、爪の間に溜まった垢のように不潔なもの、花の顔《かんばせ》から漏れる鼾のように興醒めなもの。

虚栄心の強いかれらはこの鱗を剝がしてしまおうとした。鱗は引っかくとぽろりと剝がれた。しかし剥がれたあとにはふたたび、ほんの少しだけ大きく、ほんの少しだけ硬く、ほんの少しだけ痒みを伴う鱗が生えてきた。引き毟ると淡い翠色の血が流れた。やがて剥がすのに激痛を伴うようになった。

そうしてやがて身体中を強固な鱗に覆われた者たちは、むずがゆさに気が狂わんばかりになって水に飛び込んだ。

リュガはといえば、水に飛び込んだ者たちのうちにはいなかった。鞣《なめ》し革のように美しいその膚を鱗が侵すこともなかった。

鱗の流行期のはじめごろ、リュガの美しい友人が宴の席で燭台を掲げたおり、ひらりと翻った袖から上膊に生えたみどりの鱗を露呈させた。趣味のよい社交の場において、それはいかにも場違いであった。うすぐらい宴会場で、燭台の差しかける光のもと、その鱗は酷《むご》いほどはっきりと見えた。油を引いたようにてらてらとひかって、人目を引いた。

美しく如才ないリュガは即座にこの友人を蔑した。失態を晒したこの青年はひそかな笑い者となり、鼻つまみ者となって、宴に招ばれることもなくなった。

しかしリュガは閨《ねや》でもまたこの鱗に逢った。近頃明かりを灯すのを拒むようになった美しい少年が、睡魔に負けた軀を端なくも朝の最初の光に晒したとき、その腹部はみどりの鱗にびっしりと覆われて糜爛《びらん》したようであった。

あなたに棄てられ度くなかったのだと、泣いて赦しを請う少年をリュガは閨から叩き出し、少年は井戸に身を投げた。

リュガは少年から鱗を伝染されたに違いないと、毎日何時間もかけて鏡に見入り、からだじゅうの膚を検めた。それでも人前に出た途端に誰もが自分を嗤っているような気がしてならなかった。人々の眼が彼の美しさに引き寄せられるとき、彼はきっとその視線の先に不格好な鱗があるに違いないと思った。醜くおぞましい鱗が、おそらくはこの顔の真ん中に堂々と居座っているに違いない、それに気付かない彼を皆は窃かに嘲笑っているのだ……。

膚に落ちるかすかな影さえリュガには鱗の兆しと見えた。外に出れば、樹々を埋め尽くすみどりの葉は、彼をじりじりと包囲する鱗の軍勢であった。彼は水も飲まなかった。水は鱗のきらめきに満ちていた。

幾許もなく彼は半狂乱になってみずからの膚を短剣で剝いでいるところを見つかったのだが、その膚は相変わらず一点の染みもないままだったという。

薬の切れた少女が薄く目を開いたとき、塔の中は静まり返っていた。教団の人々は一人残らず水に飛び込んだあとであった。顔の半面の焼け爛れた少女がゆらりと立ち上がると、その背で膨らみ切った双つの瘤が破れて、五色の巨きな翼となり、狭い部屋を充たして広がった。ゆっくりと羽搏くと、激しい風に窓枠が震え、もう一度羽搏くと、窓は外に向かって打ち付けるように開いた。

窓に翼を捩じ込むようにして、小さな露台に出、露台の手摺りの上に登ると、冬の光の中に五色の翼がいっぱいに広がった。羽根のような粉雪が舞い始めていた。翼がもう一度羽搏くと、少女はもう、塔を後にしていた。その後ろで、激しい風を受けた石の塔が、玩具のように崩れ落ちた。

一人目の赤子は池に落ちた。池ふかく、かつてフュルイであったものが、過酷な産湯から子供を救い上げて岸に運んだ。

もう一人の赤子は紅孫樹の森の上、降るような星空のただなかに産み落とされ、空へと差し出された木々の掌、やわらかくしつらえられた大鷲の巣に受け止められた。

IV

棘に就いて

とうとう捕えられたのは総督と瓜二つの青年であった。

双子のはらからがいたことを二人ともこのときまで知らなかった。はじめて出会ったかれらは、相擁《いだ》きはしなかった。総督は自分にも鉤爪があるかのように人を遠ざけることに慣れていた。吸血者は手を触れ合うより、みずからの中に沈潜してことばを交わし合うことを求めていた。どちらも、愛する者に近付きすぎれば血が流れることを承知していた。


総督は獄中に殺人鬼を訪うた。なにゆえにかのような凶行に及んだかと問うたのだが、〈金のペン先〉は答えなかった。答えることができたなら、はじめからそんなことをする必要はなかった。

〈金のペン先〉の沈黙に遭うたび、総督はおのれの中で空洞が広がってゆくのを感じた。

総督は、おのが統治下で起きたある事件を思い出した。

ひとりの男が殺され、その娘に嫌疑がかかった。父親は心臓を一突きされていた。しかし、凶器が見つからない。

法廷で、傍聴人や警吏たちは少女の容貌をひそかに嘲笑った。総督にはわからなかったが、少女はひどく醜かったらしいのである。

総督は結局、凶器が不明であることを理由に、証拠不十分として少女を無罪放免にした。

――でもほんとうは、総督様はわかっておいでなのでしょう？

その夜、ひそかに訪ねてきた少女はそう切り出した。

――棘だね。

総督は答えた。

少女は頷いた。

――棘が生えてくるようになったのです。鋭い長い、みどりの棘が。それで心の臓を刺して、棘は折り取って庭に捨てました。

――なぜ殺したの？

――わたしをいつも醜いと言うから。おまえほど醜い娘はないと、いつもいつも、繰り返し。醜いのがなんだというのでしょう？　なんでもないことですわ。それなのに、あんまり言われると、自分がほんとうにおぞましい怪物のように感じられてくるのです。生きていてはいけない害虫のように思われてくるのです。醜いというたったそれだけのことにおのれの存在のすべてを譲り渡しそうになるのです。

――怪物だろうと、害虫だろうと、

――人が勝手に決めるもの、でしょう？　天使総督様ならそう仰るだろうと思っていましたわ。……美しい花には棘があるとよく申します。それでは醜いものは棘を持ってはならぬと？

――美しいも醜いもない。その棘はあなたのものだ。あなただけの。

――天使総督様ならそう言ってくださるだろうと思っていました。

少女は歯を見せて笑った。

――左様なら、総督様。わたしはこの街を出ていきます。折り取った棘はきっと再び生えてくるでしょう。そうすれば、折角見逃してくださったこの手口が露顕してわたしは今度こそ罪に問われるでしょう。ですから、わたしは棘のない娘のふりをして出ていきます。天使のような総督様、左様なら、お元気で。


総督は入れ替わりを提案した。今のままでは極刑は免れない。このように被疑者が口を噤んでいては、自分も弁護のしようがないのだから。ならば〈金のペン先〉が総督に扮して牢を出て行き、姿を晦《くら》ませばどうか。

〈逃げたとして、どこへ行けばいいというんだ？〉と〈金のペン先〉は思う。〈この先、一人の人も殺めずに生きていくことなどできるか？〉

――それで、君は？と〈金のペン先〉は聞き取りづらい声で言う。――君がかわりに極刑になるつもり？

――私は、君が逃げおおせたのちに正体を明かすよ。罪人を逃したことを咎められこそすれ、総督がそんなことで極刑になりはしない。

そうは言ったものの、総督は、みずから絞首台に上がることをひそかに夢見ていたのではなかったか。双子のはらからに総督の地位を明け渡して、みずからは罪人として処刑される、それがあるべきことであるように思えていたのではなかったか。

総督は、証拠品として押収した金のペン先を、鉄格子越しにそっと囚人に手渡した。

翌朝、総督の使用人たちは屋敷のどこにもあるじが見えないことに慌てふためいた。牢には囚人が穏やかな顔で座していた。一体なにものが総督を拐《かどわ》かしたのか、〈金のペン先〉の共犯者でもどこかに潜んでいて総督を人質に取ったのかと考えるものもあった。

囚人はおのが身許を明かさなかった。牢を訪ねてきた部下の一人が入れ替わりを見抜いた。〈天使総督〉と〈金のペン先〉は何もかもそっくりだったが、ただひとつ、声だけは――人前で話し慣れた総督と違って、〈金のペン先〉の声はほとんど使われていないかのように低く掠れていたからである。

おのれは〈金のペン先〉であると主張する囚人に対して、部下はものやわらかに、耳に心地よいその声は総督殿のものですと諭した。

なおもおのれが人を殺したのだと抗弁する総督は、乱心したものと見なされ、病室に軟禁された。総督はひそかに落胆した。

数日後、総督は窓から病室を抜け出した。まだ遠くへは行っているまい、すぐに見つかるものと思われたが、街外れで総督を見たという目撃談が相次ぎ、部下たちは右往左往した。

その間に、〈七月の雪より〉と〈いつしか昼の星の〉は街の外へ落ち延びた。

かくして〈いつしか昼の星の〉と〈七月の雪より〉はともに旅をすることとなり、いくつもの街を、村を、都を通り過ぎた。かつてそうであったものを。

ある街では、埋葬する暇もなかったと見えて、街路にも家屋敷にも屍体が溢れていた。屍の半数ほどは長い鉤爪を生やしていただろうか。死者たちは、愛しあい心中したようにも、憎みあい殺しあったようにも見えた。〈七月の雪より〉は鉤爪のある屍を見つけるたびに足を止めたが、なにも言わなかった。生者の姿はなかった。

　ある街には人影ひとつなかった。しかし濠や井戸や、そうした水のあるところを覗き込むたびに――水底《みなそこ》に逃げ去るなにものかの気配と、その上にひろごる水紋とがそこにあった。水は影に盈ち盈ちていた。ふたりともここでは水を飲まなかった。手を触れた途端に引きずり込まれそうな凶々しさがあったのだ。しかし〈いつしか昼の星の〉は、ほんの少しだけ、水の中の世界になつかしさに似たものを覚えた。

伸び放題の街路樹や朽ちた木戸、屋根の上に作られた鳥の巣などが、この廃市に経過した時間を伝えていたが、家屋敷の中に崩れたり壊れたりしたものはなかった――街の中心に築かれた石の塔を除いては。塔は内側から崩れ、なかば吹き飛ばされていた。雛鳥によって置き去りにされた卵の殻のように。

地を滑る影の大きさに空を仰ぐと、五彩の翼を持った鳥が一羽、二羽、三羽と碧空を渡ってゆく。彼女たちはこの物語の外へと永遠に去ってゆく。赤黒い血の塊を置き土産にして。

鱗に就いて

〈天使総督〉が姿を消すと、鉱夫や流民たちは彼の跡を慕って旅に出た。そして彼方此方で〈天使総督〉を探して歩いたが、見つからなかった。大多数の人間たちに比べ、軀のどこかしらが欠損した、あるいは多すぎるかれらにとって、大変な旅であったことは言うまでもない。

かれらは廃墟となった街を訪れた。街の中心に築かれた石の塔は、雛鳥によって置き去りにされた卵の殻のように、内側から崩れ、なかば吹き飛ばされていた。その街でかれらは井戸から水を飲んだ。街を後にしてしばらくすると、かれらの皮膚には鱗が萌え初めた。翡翠《かわせみ》の羽の色にきらめく可愛らしい鱗であった。

我慢づよいかれらはその鱗を無理に掻き毟りはしなかった。旅を続けるうち、かれらは次第に水が恋おしくなった。そしてあるとき、地下水路の停泊所へと下る磴《いしだん》を下ってゆき、昏い水の中に身を浸した。手や足が多すぎたり少なすぎたりするかれらには、地上をゆくよりも水中を旅する方が楽であった。かれらは舟通りのすくない方へすくない方へと、ゆらめく水草の間を縫って泳いでゆき、通行のすっかり絶えた、いまとなっては使われていない水路へと入り込んだ。そうした水路の上にあるのは廃墟と知れた。

ついに地下水路の終点まで来て、かれらは地上に顔を出した。そこにあったのは狼の都であった。

ときは黄昏、かつては壮麗であったのだろう都が水に沈んだ街のようにおぼろに見え、そこにいるのは全身を毛皮で覆われ、複眼と嘴を持つものや、鳥の頭と獣の頭を持ち、いずれかに複眼を有する狼たち。ここにも嘴を備えた旅役者の一座がやって来て、狼の都の物語を携えて去り、あとに嘴の病を残していったのである。

かつては宮殿であったのだろう、それゆえにいっそう絢爛たる荒廃を見せている廃墟の庭先には、ふたつほどの人影があって、ひとつはひときわ大きな銀色の狼に凭れ、ひとつは長い角を持つなにかの頭部を膝に乗せていた。

この都には、近隣の国々が何度も攻め込んできたが、そのたびに敵軍もまた狼の群れとなって帰ってゆき、狼の都どころか狼の帝国はますます広がるばかりであった。

鱗を持つ旅人たちは狼の都に留まった。そうするうちにかれらにも毛皮が、嘴が、複眼が生え、狼たちにも鱗が、蹄が、蔓が生えた。

記憶に就いて

おぞましい〈金のペン先〉連続殺人事件と、〈天使総督〉の失踪の顚末は各地で噂になった。清廉な〈天使総督〉が〈金のペン先〉に誘惑され、毒牙にかかった。いな、〈金のペン先〉の正体に気付いてしまったために殺されたのだ。いな、〈天使総督〉の正体こそ〈金のペン先〉であり、それが露顕して処刑された。いな、〈金のペン先〉は今もなお生きて、われらの間にいる――。

噂は数多の文書館の〈書痴〉たちの耳にも届いた。金のペン先は文字も書けぬ庶民が持つようなしろものではない。そしてある文書館から写字生が脱走した際、高価な置物とともに、金のペン先をもつペンが紛失している。

そして〈天使総督〉の謎の失踪である。総督は幼い頃、紅孫樹の森で人喰い鬼とともに暮らしていたという噂もある。

かつて〈本の虫〉は紅孫樹の森まで逃げた写字生を追っていき、そこで見失っている。写字生はそのころ幼い子供を連れていたではないか？　その子供が総督になりすまし、〈金のペン先〉事件を起こしていたのではないか？　すべては一本の線で結ばれた。〈金のペン先〉を追えば写字生と盗品に辿り着く筈だ。

袋小路に入っていた写字生狩りが、ここへ来て再び活性化した。〈七月の雪より〉と〈いつしか昼の星の〉は追われる身となった。

追ってくるものが何であり、なにゆえに追ってくるのか、〈七月の雪より〉は知らなかったしかれらをおそれた。〈世捨て人〉たちとの暮らしが不意に破られた日のことを忘れたことはなかった。

〈いつしか昼の星の〉はかれらを知っていたしさしておそれてはいなかった。追跡と逃亡は、旅人と老女の頭部とのなつかしい日々の中につねにあり、旅人と老女の頭部がともにいてくれれば怖くなかった。

糸に就いて

　どれほど急いでいても、谷あいの道を歩いてはいけない、とこのあたりの者は知っている。必ず丘を迂回しなくてはならないと。谷あいの道には蜘蛛の巣が張られているからである。ほとんど透明に近い、しかし浅葱色の空を背に淡い銀色に輝く糸が、目を凝らせば縦横無尽に張り巡らされている。気付いたときにはもう遅い。旅人はねばつく巨大な蜘蛛の巣に捕われ、身ぐるみ剝がされて、殺される。

　糸を吐くのは劇場を逃げ出してきた踊り子たちである。ものごころついたときから劇場で育てられてきた。踊ることより他に知らない。ここを出ては生きていけないのだぞと言い聞かされて育った。

　そんな彼女たちが蜘蛛の糸を吐く病に罹った。ある朝、舞台監督が銀色の糸で雁字搦めにされて転がっているのが見つかった。劇場に踊り子たちは一人もいなかった。

　かくして彼女たちは追い剝ぎとなったのである。

　〈いつしか昼の星の〉と〈七月の雪より〉は谷あいに足を踏み入れて、旅人が殺されるのを目にした。薔薇色のチュチュを身に着けた、蝶のような女たちが、浅葱の空をかろやかな足取りで渡り、錐のように細い短剣《ナイフ》で罠にかかった旅人にとどめを刺すのを。旅人は浅葱の空に浮かんでいるように見えた。その後で、煙るような銀色の糸が目に入った。

――かわいそうな坊やたち、まだほんの子供みたいなものじゃないの？

薔薇色の盗賊が二人を見下ろして言った。

振り向くと、背後にも銀色の糸は張り巡らされていて、糸に触れずに引き返すのは不可能であるように見えた。

――そうでもないんです。

〈七月の雪より〉は答えた。

――僕たちはとうに大人です。随分多くのことをすでに見聞きしてきました。

（そして随分多くのおぞましいことをしてきた）、と〈いつしか昼の星の〉は思った。

――命乞いをしないのね。あたしたちが怖くないの？

――ええ。

――あたしたちは人殺しの盗賊なのよ。はじめて殺したのは舞台監督なの。あたしたちを育ててくれた人を殺したの。怖くない？

――怖くはありません。親殺しなら今までも見てきました。

そう言って、〈七月の雪より〉はかつておのれの手に裁きを任せられた、いくつもの事件を物語った。

棘のある少女が父親を殺した次第を聞くと、薔薇色の盗賊たちは涙を流した。

――それで、あんたがその子を無罪放免にしたのね？

――ええ。

――その子に免じて、あたしたちもあんたたちを見逃してあげることにしましょう。ただし金目のものは全部置いていくのよ。

二人は上着を脱いだ。〈いつしか昼の星の〉は、脱獄の際に総督から借り受けた上質の衣服を着たままだったし、〈七月の雪より〉も軟禁の際に着心地の良い室内着を着せられていた。

金のペン先のことは、二人とも口にしなかった。

――随分いい着物だこと。

盗賊の一人が口から吐いた糸にぶら下がって地上に降りてきた。薔薇色のチュチュがふわと広がった。彼女は衣服を取り上げると、

――ついていらっしゃい。

と言って先に立って歩き出した。

張り巡らされた糸と糸の隙間を、彼女はかろやかにすり抜けていき、その後を〈いつしか昼の星の〉と〈七月の雪より〉は苦労しながら従いていった。軀を横向きにしたり、這いつくばったりして谷を抜けたときにはとうに日が暮れていた。

二人が振り返ると、谷は星空を網に捕えたようにかすかに煌めいていた。

そして〈七月の雪より〉と〈いつしか昼の星の〉が去った後、後を追ってきた〈本の

虫〉たちが大量に網にかかり、薔薇色の盗賊たちを舌なめずりさせることになった。

繭に就いて

もともとは監獄に流行る病のひとつであった。囚人たちが口から白い糸を吐いて、おのれのまわりに繭を作ってしまうのは。大部屋に放り込まれて片時もひとりになれない煩わしさが囚人を繭の中への逃避に誘うのだとも、世間から見放された孤独によっておのれひとりの世界に沈滞するのだとも言われていた。そうして、心の病など囚人には贅沢だと考えられていた。朝に晩に回ってくる看守らは、囚人が痙攣して白い糸を吐き始めるや、鉤のついた棒を鉄格子の間から差し入れて糸を巻き取り、繭を突き崩すのだった。

事実は、肝の座った牢名主も、監獄いちの道化者も、皆から恐れられる大悪党も、この病を免れなかったのであるが。

しかしひとたび罹患したものは、その後もくりかえしくりかえし糸を吐いたし、繭に入った囚人は脱獄もしなければ暴動も起こさず、飯もたべなければ場所も取らないので、次第にそのままでいさせるほうが都合がいいということになってきた。そういうわけでこの病は囚人たちを飲み尽くし、数ヶ月ののちには監獄とは白い繭ばかりがずらりと並ぶ処となった。人が膝を抱えて蹲ったほどの大きさの繭であった。

それで新たな懲役人にも、この処置が適用されることとなった。囚人の繭から抽出された薬を飲んだ者は、みずからも糸を吐きはじめた。あとは街外れにでも放っておけばよかった。たとえ悪党仲間が助けに来たところで、囚人の体内に巣喰う白い糸は動きを止めることなく、数日後には元の木阿弥である。

ところで定められた年季が明けて、最初の囚人たちの繭が破られてみると、中身はどろどろに融けて跡形もなかった。それ以来この処置の適用は終身刑か死刑の囚人に限られることになったのだが。

たとえば叛逆罪を宣告されたこの少年のような。

怖くないかと聞かれて虚勢を張ったがたしかに怖かった。少年は眠りに落ちるのをおそれる性質《たち》であった。意識を手放す瞬間がこわかった。それゆえに酒も飲まなかった。薬もやらなかった。かれはつねに明晰で意志的であった。そして恐れを知らなかった――眠りのほかには。

みずからがどろどろに融けてゆくとは、どのような心地のするものだろう――いな、どんな心地もしないのだろう、それこそがおそろしいのだ。いっそひといきに――というのは、刃の鈍った斧でもって何度も何度も頸に斬りつけるというやりかただが――命を絶ってくれればよかった、そうすれば苦痛と憤怒の手形をこの世が終わるまで残すことができたのではないか。

野次馬の目を誇りたかい少年は憎んだ、かれらは罪人が痙攣の発作に襲われながら糸を吐くざまを拝みにわざわざ集まってくるのだ。

しかし迫り上がってくる糸を吐きつづけるうち意識が薄れて、憎しみと蔑みは苦しさに席を譲り、ふいに恍惚が訪れた。おのれはいま、糸に縛られてゆくのではない、みずからが一本の長い糸としてほどけてゆくのだと、率然と悟った。見物人たちの目の前で、だれにも気付かれずに解き放たれてゆく。ひとたび糸を吐きはじめたものが二度ともとに戻らないのは、それが呪縛だからでなく、決して忘られぬ喜びだからだったのだ。少年はいま、絡まりあった糸玉からみずからを引き出していく一本の糸なのだった。

見世物が終わると見物人たちは繭の並んだ街外れを去っていった。しかし誰が知ろう、長い年月ののち、繭を破って出て来るものがあるとしたら、いったいいかなるものであるのかを。

牙に就いて

街を挙げての婚礼に、〈七月の雪より〉と〈いつしか昼の星の〉も巻き込まれた。矢車菊の青に銀糸の刺繡をした綺羅を身に纏い、ヴェールで顔を隠した花嫁と、真紅に金の縫い取りをした婚礼衣装の花婿が、花綵《はなづな》に飾られた馬車に乗ってパレードをし、雪のように白い花びらが撒き散らされた。街中で酒や菓子、果物が振る舞われ、人々は花飾りの帽子をかぶって参列した。

二人は広場につめかけた群衆の中に紛れていた。壇上で花嫁と花婿が引き合わされ、近隣の文書館から派遣された司書が、書物に記されている通りの祝福の文句を述べ、誓いの接吻《くちづけ》をと告げた。花婿が花嫁の紺青のヴェールを引き上げた。その下から現れたのは、二本の長い牙を剝き出しにした口だった。

花婿は泡を吹いて倒れる。群衆は算を乱して逃げ出す。広場には〈いつしか昼の星の〉と〈七月の雪より〉と、花嫁だけが残った。花嫁はヴェールを頭の後ろにかきやり、真珠色の牙を燦々と輝かせて、すっくと立っていた。

——その牙は、いつから。

〈七月の雪より〉が尋ねた。

——昨夜。

牙を持つ花嫁は答えて、壇を降りた。広場には倒された酒樽や引っ繰り返った菓子の皿、踏み躙《にじ》られた花が散乱していたが、美しい衣装の裾が汚れることを花嫁は気に留めていないようであった。

——婚礼の支度をしていたら、ふいに犬歯がするすると伸びてきて。そのときはじめて、ほんとうは嫁になど行きたくなかったのだと気付いたのです。当地では結婚できる年齢になると、女は犬歯を抜くんです。夫に逆らうといけないから。歯が抜いてあるのは育ちがいい証なんです。その、抜いたはずのところから、するすると。

もはや花嫁ではない、牙のある娘は、ドレスの裾を持ち上げて脚をあらわにすると、踵の高い、小さな紺青の靴を蹴るように脱ぎ捨て、裸足になった。

——犬歯のするどい子供は、跳ねっ返りになるとか、親が苦労するとか言われるの。あたしはそのくちでした。歯を抜くのは痛かったわ。血が止め処なくあふれました。怖かったから、抜くのは嫌だったけれど、これでちゃんとしたお嫁さんになれると言われたんです。だから、抜き終わったあとは安心したの。だけど、お嫁さんになんてなりたくなかったんだなあ。これでわかりました。さて、この後あたしはどうしたらいいかしら？　どこへ行ったらいいんでしょうね？

——どこへでも。行けますよ。

〈七月の雪より〉は言った。——僕たちは、劇場から逃げた踊り子たちが追い剝ぎになったのを見ましたよ。

牙を持つものは牙を剝き出しにして笑った。

半身に就いてⅡ

〈いつしか昼の星の〉は渇いていた。

渇いていることに気付かざるを得なかった。ともに歩むこのはらからの、優しくしずかな声と言葉を聞くにつけ、それが真実《ほんとう》なのか欺瞞《いつわり》なのかたしかめたいという思いが強くなった。他人ならぬ、顔もからだつきもそっくりな双子のはらからなら、考えていることが手に取るようにわかってもよかろうものを、かれにはやはりわからなかった。わかりたかった。

渇きを押し隠すときだけ、思いがじかに伝わらぬことに感謝した。


真紅の夢から醒めると、上には星宿が燦めき、隣でははらからが魘《うな》されていた。はらからを苦しめている悪夢が〈本の虫〉たちであることを、そのうわごとから知った。〈本の虫〉たちの気配を感じるたびに、はらからがひどく怯え、狼狽えるのを、〈いつしか昼の星の〉は見て知っていた。血を介さずともそれは理解できた。〈七月の雪より〉には、自分がなぜ追われているかわからず、それゆえにいっそうおそろしかったのだが、そこまでは〈いつしか昼の星の〉は知らなかった。

懐から金のペン先を取り出して空に翳すと、星の光を受けて蠱惑的に燦めいた。

終わりの時が来ている、と〈いつしか昼の星の〉は思った。

〈〈七月の雪より〉は、もう自分とともにいては不可《いけ》ない〉

いつまでもこの渇きを押し殺すことはできない。〈七月の雪より〉のもとを去らねばなるまい。去れば、〈本の虫〉たちをかれから遠ざけることもできよう。おそらく〈本の虫〉たちは、自分を――もとはといえば旅人を――追っているのであり、〈天使総督〉と〈金のペン先〉が別人であることには気付いていないのだから。かれらの思惑は知らねど、そのように思われた。自分が〈本の虫〉たちの前に現れれば、〈七月の雪より〉は存在すら知られず、追跡は息《や》むに違いない。

〈いつしか昼の星の〉は、最後にもう一度星影の踊る金のペン先を凝視《みつ》め、それをそっとはらからの胸の上に置いて、立ち去った。

根に就いて

遠いところへ行く途中の旅人たちだったはずです。それなのに、こんな何もないところで根を生やしてしまって。

ご存知の通り、通り過ぎるだけの旅人さえ数えるほどしか来ないような村ですが、それでも数年の間に数は積もって、今では村の外れの木の下にも、村の真ん中の一本道にも、広場の井戸のあたりにも、畑を区切る畦道にも、それぞれ違う方角を向いた旅人たちが立ちすくんでいます。旅着をまとって、荷物を手に持ったままの。根を生やす以前の、あそこからここへ、ここからどこかへと急いでいたかれらに比べて、その顔は穏やかに見えます。身動きひとつせず、表情も変わりません。冬になると立ち枯れて、春になると黔《くろ》い地面から再び芽を出します。やはり旅着をまとって、荷物を持っています。

旅人たちの中にひとり、隣の家の四男坊がまざって、やはり根を生やしています。以前はなぜ旅人たちばかりがこうなるのだろうと不思議でした。でもそこに四男坊が入って、わかった気がします。この地に立つ者はみな根を生やしているのです。ただわたしたちは、どこへも行かないから、目に見えるような根が必要ないだけです。どこかへ行こうとすれば、あの坊やのように、途端に根が生えてくることになるのでしょう。

それが、この村だけの話なのか、隣の村でもそうなのか、山向こうでもそうなのか、世界中がそうなのか、わたしはどこにも行かないからわかりません。

長いこと、わたしはずっとあなたを待っていると思っていました。手紙の返事もくれず遠いところをさまよっているあなたが帰ってきて、わたしを連れ出してくれるのを待っているのだと思っていました。

でもあなたは、あなたのいるところでとうに根を生やしているのですね。そのことがようやくわかりました。あなたが帰ってこないのは、そのためだったのですね。根を生やした人を待つことはできません。わたしもあなたのところに行くことはできませんし、あなたもわたしを待つことはできません。そのことがわかって、やっと解放された気がするのです。

もう、あなたを待つことはありません。

手紙を運んでくれる人はここにはいないから、この手紙があなたのもとに行くこともありません。


さようなら。

触角に就いて

〈本の虫〉たちは憂鬱であった。憂鬱などという情緒をかれらはそれまで知らなかった。

額から触角が生えてきたのである。蛾のそれに似て太くやわらかく、紡錘形をした触角が二本、つねに顔の前に垂れてくるのでむず痒くてならなかった。文書館で使われる高級な毛筆で顔を絶えず撫でられているかのよう、見た目にも、むろん、滑稽なことこの上ない。寝返りを打った拍子に体の下敷きにしてしまいそうでもある。

しかしほんとうの問題はそこにはなかった。触角というのは感覚器官であった。触角を通じて流れ込んでくるなにものかにこそ、かれらは悩まされた。

なにものか、としか言いようがない。かれらはそれを言い表すすべを持たなかった。

触角は目や耳よりもはるかに多量の、そして微細な情報をその持ち主に伝達した。触角で花に触れれば、花のやわらかさや色彩、味や香りが、くらくらするほど強烈に感じられる。石に触れれば、石の冷たい沈黙が痛いほどわかる。他人に触れれば、相手のものおいやささやかな不調から、来歴や死期まであらかたわかってしまう。

触角を何にも触れさせるまいとしても、風が運んでくる目に見えぬ微細な物質を、触角は捉えてしまう。こうしてかれらは、春の倦怠を、夏の空無を、秋の寂寞を、冬の憔悴を知った。萌え出づる前の若葉が木の芽の中に身を潜めながら呼び声を待つときの震えを知らされた。降り出す前の、まだ天の奥深くにある雪の気配に、樹々がそっと溶け出すのを覚えた。遠い雨の気配に紛れて、だれかが地面に落とす涙を感じた。深い沼のほとりで、だれかが沓《くつ》を脱ぎ捨てて自分ひとりのためだけに歌う歌を聞いた。夜の澱を掻き乱す迷い蛾の羽ばたきを、明朝屠られる仔豚の深い眠りを、すべてに倦み疲れた少女が夜ごとはためかせる非在の翼を、月の雫の落ちるたび、目の見えぬ少年の唇に走るおののきを——世界へ差し伸べられた感覚器官に刃を挿し込むように、知らされた。

それらすべてがかれらには憂鬱だった。憂鬱などという繊細な情緒をかれらはそれまで知らなかったし、知る必要もなかった。かれらはやくざものの集まりであり、文書館に逆らうものを懲らしめるために金を受け取る番犬だった。金をくれる主人のほかは誰にでも噛み付いた。権威をかさにきて弱いものをいたぶり、貧しいものから取り上げ、金のために子供を攫ったし、憂さ晴らしのために老人を殺した。かれらには、必要のないことだった、世界にこれほどの美しさを見出すことは、生きとし生けるものにこれほどのいじらしさを見出すことは、みずからの心にこれほどの濃《こま》やかさを見出すことは。

このやわらかい付属物を力尽くで毟り取ってしまうことは、粗暴なかれらが真っ先に考え付いた策である。しかしそれを実行したものは、額に空いたふたつの傷口に膿を生じ、熱病を得て、ひどく苦しんで死ぬこととなった。残りのものたちは、触角を通じて、かれらの苦しみをわがことのように痛切に味わいつくした。殴られても殴った手のほうが痛むほどの岩乗な仲間たちにこれほど鋭利な痛覚があろうとは、かれらはそれまで考えたこともなく、耳を塞ぎたくてならないのに見捨てていくこともどうしてかできずに、懊悩しながら幾日もかけて仲間を看取ったのだった。

それからというもの、かれらは何かというと涙ぐんだ。かれらにはまったく必要のないことだった、闘犬にすぎぬはずの仲間たちに、これほどのいたましさと愛《かな》しさを見出すことは……。

七月の雪より

〈七月の雪より〉は夢から醒めて、頰に涙が伝っているのを知った。夢の中身はしかとは思い出せなかったが、あの〈ざわめき〉たちの夢であり、そこではおのれこそが〈ざわめき〉であったように思われた。

隣を見ると、誰もいなかった。思わず上体を起こすと、胸から何かが転がり落ちて、黎明の光に燦めいた。金のペン先であった。

それを拾い上げ、〈七月の雪より〉は、隣にははじめから誰もいなかったような、ずっとおのれ一人が金のペン先を持って旅をしていたように感じた。

〈七月の雪より〉は、金のペン先を懐に秘めて、一人あてもなく旅をした。不思議と、〈本の虫〉たちにはとんと出会わず、それどころか、人間の姿そのものが減ってきているように思えた。

時折、かれは懐から金のペン先を取り出して、光に翳してみた。はらからが何を思って人を殺したのか、かれにはわからないままであり、それはおのれがおのれにとって謎であるのと同じように、謎であった。金のペン先を眺めていると、時には自分が殺した人々の顔が浮かんでくるような気がした。この凶器がどんなふうに闇夜に閃いたか、思い出せる気がした。

ある時かれは、森を駆けてゆく狼の群れを見た。狼たちは風のように通り過ぎていったが、うちの一頭がかれを視界に捉えるなり、くるりと向きを変えてひと飛びで目の前に立ち塞がった。

狼は、かれの手の中で木漏れ日に燦めいている金のペン先を見ていたのである。そしてかれの顔に、手足に目を移し、じっくりと検《あらた》めると、

――聞いていた通りの姿をしている。

とひくくつぶやき、突然大きく口を開いて迫ったので、〈七月の雪より〉は喰われると思った――そしてそれを恐れるよりは歓迎した――のだが、狼はかれを口にくわえると、再び一陣の疾風となった。

天翔ける狼に運ばれて連れてこられたのは、狼ばかりの都であった。

廃墟となった宮殿の庭先に、ふたつだけ人影があって、ひとつはひときわ大きな銀色の狼に凭れ、ひとつは長い角を持つなにかの頭部を膝に乗せていた。ふたつの人影が顔を上げ、薄闇を透かして〈七月の雪より〉を見た、一瞬の間があって、角のある頭部を抱いている方が薄暮でもわかる喜色を泛《うか》べた。

けれどその人影は、頭部を抱いたまま近付いてくると、じっとかれを見上げ、それから

やがて静かに首を振って、かれを連れてきた狼に言った。
――この子は違う。
〈七月の雪より〉は、ああ、と思った。そして言った。
――〈いつしか昼の星の〉は、ここへは来ないでしょう。
〈七月の雪より〉はなぜか、そのことを知っていると思った。
――だから僕を代わりに寄越したのです。

目が馴れてくると、周りに集う生き物たちが、必ずしも狼と呼べるものばかりではないことがわかってくる。翼を持つ狼。鳥の頭と獣の頭を持ち、肩から蔓を生やし、後ろ肢を鱗に覆われた狼。鳥の頭に複眼を持ち、全身を毛皮で覆われ、蹄を持つもの。すべてが終焉に近付いていているのだ、と〈七月の雪より〉は率然と悟る。すべてが原初の姿へと戻っていくところなのだ。

逆鱗に就いて

それまで一度も怒ったことはなかったのです。ほんとうに。

うまれたところは国境《くにざかい》の辺境。ふたつの大きな国が、かわるがわるわたしたちを占領し、奪《と》っていく。千年も前からそういうもの。だれも怒りはしない。わたしたちは大人しくて、飼い馴らされている。

飢饉でわたしたちの半分がいなくなったのを覚えている、いくさのたびに牧草地が踏み躙られて家々から煙が立ち上ったのを覚えている、男は兵士に取られ、女は森に捨てられて、家畜は屠られて食べられたのを覚えている、覚えているし、忘れてもよい。どうせ怒りはしない。

その春から喉のあたりに銀の鱗が生えはじめて、放っておいた、どうにもならないものはどうにもしない、それがわたしたちの宿痾だから。

夏になると一方の国が敗れて、もう一方の国が攻め込んできた、わたしたちはまた奪られる、また喰われる。

わたしにじぶんのからだというものはない、じぶんのものというものはない、どのように触れられても、踏まれても、抉られても、千切られても怒らない、わたしのものではないのだから、そのはずだった。

髪を掴まれても、腹を蹴られても、頬を打たれても、からだに手を這わされてもわたしは大人しい、大人しかった、なのに喉元に触れられたとたん、それまでに知らなかった――ふかい、はげしい、なにかが、こみあげてきて、それだけは触れられてはならないと、触れさせてはならないと、そのたったひとひらの、銀の葉のような鱗が、からだの、わたしの、一番ふかいところまでまっすぐに根を下ろしているような、そんなにふかいところ、そんなに内側であるところがあるなどと、それまでおもったこともなく、だれのものでもない、わたしのなにかがあるなどと、それだけはわたしのもの、わたしが守らなければならないもの、わたしを守ってくれるものだなどと、ああ、これが、怒り、と気づいたのは、兵士たちが釣り上げたあとの魚のように、濡れて倒れているのに気づいたとき、わたしの喉から、銀の葉のような鱗がひとひら、剝がれて、わたしはそれがかなしくてかなしくて泣きました、外に出てみると、ほかのひとたちも手に手に鱗を持って、出てきて、わたしたちはつめたい川の流れに鱗を葬りました、だけどきっと次の春にはまた鱗が生えてくるでしょう、目に見える鱗ではなくても、わたしたちの、わたしの喉には、だれにもさわれないところへ下りていく根が、根が張っていて、わたしはそれを、あるじのいない家のようにでもいい、守りつづけるでしょう……

触角に就いてII

ギは憂鬱であった。

文書館は逃げた写字生を決して赦さぬのと同様、逃げた写字生を捕えられない役立たずの〈本の虫〉たちをも決して赦さぬことでおのれの威信を保っている。

ギの配下の〈本の虫〉たちは、一度は森で人喰い鬼に会ったと言って尻尾を巻いて逃げ帰り、二度目は曠野で狼の群れに出くわして全滅した。写字生の足跡は曠野でふっつりと途絶えた。次に失敗すれば後はない。

文書館の館長が、最上階の館長室にギを呼び出して直々に脅しをかけたのである。館長はちかごろ頭痛でもするかのように額をずっと手で押さえているとか、頭に包帯を巻いているとかいう噂を耳にしたが、その日は衝立の向こうに陣取って姿も見せなかった。それが館長の殊更の不機嫌の結果であるのか原因であるのか、ギにはわからなかったが。

にもかかわらずギの心を憂鬱にするのは、おのれの命数のことではなく、また〈本の虫〉稼業などさっさと切り上げて安泰な身分になりたいという夢が危うくなっていることでもなくて、ただの手駒としか思っていなかった配下たちの、ギ自身は耳にしていない断末魔であり、そんなものがおのれの心を憂鬱にするという事実であった。

それでも、ギの額にも萌え出た触角は、慣れれば探索の役にも立った。写字生と偸《ぬす》まれた頭部の気配は感じ取れる範囲内にはなかったが、いっとき写字生とともにいたと報告されている少年らしき気配は見つかった。とうに人喰い鬼に喰われたものとばかり思っていたのだが。

そこでギはみずから出向いていき、かつては大きな教団のあった廃墟のあたりで少年――もはや少年の齢ではなくなっていたが――を捕らえた。少年は逃げようともせず、むしろギを待ち受けていたかのようであった。

ギは少年の口を割らせようとした。口を割らせるための方法といえば、殴ることしかギは知らない。

しかし飛び散った少年の血の一滴が触角に触れたとたん、ギはおのれが殴られたかのように仰け反り、両の眼から涙を流して地面に手をついた。

ふたたびの殴打を予期して目を瞑っていた〈いつしか昼の星の〉は、しばらく待っておそるおそる瞼を持ち上げ、暴漢が子供のように泣いているのを見出して呆気に取られた。

――どこか。痛むの?

ようよう声をかけると、相手は首を横に振った。

――おまえが。おまえがあんまりにひとりぼっちなので。かなしいので。泣いているのだ。

その言葉は、ギが初めて知った孤独を言い表すにはあまりに貧弱だった。

しかしそれこそが〈いつしか昼の星の〉の孤独であったかもしれない。

——あなたには。……わかるのか。

少年は息を呑んだ。

——おれにはわかる。かなしいことも。さみしいことも。いたいことも。みんなわかる。みんなおれにきこえてくる。それがせつなくて。それがくるしくて。どうしたらよいのかわからなくなるのだ。

〈いつしか昼の星の〉は何も言わなかった。何も言わなくても、自分がいま嬉しいのだということが、ギにわかるのがわかっていた。

声に就いて

海を渡って来たのだろうが、〈偽火《ぎか》〉には海から来たように思えた。母である〈月火《げっか》〉が亡くなった後も、〈偽火〉は故郷のオアシスに戻らず、海辺に留まった。〈偽火〉は醜く、それはオアシスでは覆し難い不運だったから。〈偽火〉は日がな一日海を眺めてくらした。海は〈偽火〉に何も告げず、どんな行き先も指し示さなかった。〈月火〉の豊かな鰭も、〈偽火〉の乏しい鰭も、海に対して何の役にも立たない点では同じだった。

海から現れた女は、真珠のようにしみひとつない、なめらかな膚をしていた。わたしのいたところは海に沈んだの、と〈真珠〉は云った。父は水底の貝になった。でもわたしは真珠だから、掬い上げられて陸へ戻ってきた。

わたしのいたところは海に捨てられた、と〈偽火〉は云った。

ここにはなにもない、と〈真珠〉は云った。船に乗ってもっといい場所を探しに行くわ。

船、というものを〈偽火〉は知らなかった。そんな便利なものがあるなら鰭などまったくなくとも構わないと〈偽火〉は思った。二人は船を探しに行った。

二人は船乗りたちと交渉して、商船に乗り込んだ。船賃は、〈真珠〉がどこからか取り出した真珠で贖《あがな》った。

海には人魚たちがいた。人魚、と船乗りたちは呼んでいたが、〈偽火〉には自分の一族の遠い親族であるように思えた。今では白い沙漠となっている地点まで海が届いていた遠い昔、自分と人魚たちの共通の祖先はそこでくらしていたのだろうと思った。

人魚たちはあまい歌声で船乗りたちを海へ誘い込んだ。誘い込まれた船乗りたちが水に溺れて死んでしまうことを、人魚たちは幼い子供が玩具を壊し、自分で壊しておきながらかなしむように、かなしんだ。

その歌は、聞くものによって違っていたが、〈偽火〉にはこう聞こえた。

いつしか昼の星の　おぼろな光さえ　消え失せ
この世は　七月の雪よりなお　はかなく溶ける

一匹の人魚が彼女たちの道行きに付いてきたそうにしていたので、甲板の上に引き上げて盥の中に入れてやった。

商船は海賊に襲われた。〈偽火〉と〈真珠〉、それに人魚は、珍しい女として後宮に売られた。そこには様々の珍しい女たちが集められていた。そして女たちは少しずつ宦官になりすまし、後宮にいながらにしてひそやかに後宮の務めから遁げ出していくところであった。

人魚には他の側女たちと同様、脚が生えてきた。そうなってみるとやはり、〈偽火〉のはらからのようによく似ていた。

真珠色の膚の娘は、後宮の主たる皇帝にはじめて目通しされた夜、その面をひたと見据えて、うすく微笑んだ。

〈道楽〉帝はその夜からいっそう肥え太っていった。それは〈道楽〉帝の道楽のゆえと思われたが、腹ばかりが夜々膨れ上がっていくのである。

〈真珠〉はある夜、〈偽火〉に囁いた。

——皇帝はおなかに真珠を蓄えているわ。

〈道楽〉帝の腹が破裂して死んだのは、〈偽火〉たちが連れて来られてから十月後のことであった。

皇帝の急逝の混乱のさなか、後宮の者たちは、宦官も側女も、脚のある者は脚のない者を連れ、後宮を抜け出した。降るような星の夜であった。

声を揃えて、かれらは歌を歌った。

いつしか昼の星の　おぼろな光さえ　消え失せ
この世は　七月の雪よりなお　はかなく溶ける

庭深く　病める芽は萌え出で　狂える蕾は開き
牆《かき》を内より壊《やぶ》り　翠の海嘯《つなみ》となり　庭を顧みず

角に就いてII

黒檀の扉の向こうで誰かが嚔《くさめ》をし、それから机の上に何かがごろりと置かれた。それきり何の音もしなかった。

叩戸《ノック》に応える者はいなかった。幾度か叩戸を繰り返したのち、秘書は恭しく扉を押し開けた。

黒檀の机の上を、昨日まではなかった大きな飾り物が占めている。頭《こうべ》である——長い角の生えた。角は蛋白石のように虹の輝きを内に秘めた白色である。頭は眼を瞠《みひら》いて永遠の驚愕を示しているが、表面を覆うエナメル質のなめらかさのためか、その驚きは不思議に無垢であどけない。首の断面は、空洞化した内部と、その内壁にびっしりと付着した翠の結晶を見せている。

机の前に据えられた肘掛椅子には、首のない軀が座っている。

机上には一冊の本が開かれており、その頁にはこんな詩行が見える。

いつしか昼の星の　おぼろな光さえ　消え失せ
この世は　七月の雪よりなお　はかなく溶ける

庭深く　病める芽は萌え出で　狂える蕾は開き
牆を内より壊り　海嘯は　庭の内と外とを呑む

秘書は自分が長いこと雇い主の顔を直視しておらず、すっかり忘れてしまったことに気付かなかったので、館長室を見渡して異状なしと判断すると、恭しく扉を閉めた。

初出

「序」「角に就いて」「翼に就いて」「鉤爪に就いて」「透明鉱」
「文學界」二〇二三年五月号
「毛皮に就いて」以降は書き下ろし

DTP制作　ローヤル企画

装画：菅野まり子
「山海図 Ⅲ――件《くだん》、白龍」
Mountain and Sea Ⅲ 2022
装幀：大久保明子

著者略歴

歌人・小説家。一九九一年神奈川県生まれ。東京大学大学院総合文化研究科在籍中。二〇一八年、「Lilith」三十首で第29回歌壇賞を受賞。二〇年に第一歌集『Lilith』（書肆侃侃房）を上梓、同書で二一年に第65回現代歌人協会賞を受賞。また、一九年より小説家としての活動を始め、二二年、短篇集『無垢なる花たちのためのユートピア』（東京創元社）、掌篇集『月面文字翻刻一例』（書肆侃侃房）を刊行。

奇病庭園《きびょうていえん》

二〇二三年八月十日　第一刷発行

著　者　川野芽生《かわのめぐみ》

発行者　花田朋子

発行所　株式会社　文藝春秋

〒102―8008　東京都千代田区紀尾井町三ノ二十三

電話　〇三―三二六五―一二一一

印刷所　大日本印刷

製本所　大口製本

ISBN978-4-16-391734-4

Printed in Japan

文藝春秋の本

飛ぶ孔雀

山尾悠子

石切り場の事故以来、火は燃え難くなった。孔雀は火を運ぶ娘を襲い、男は大蛇蠢く地下世界を彷徨う——文学賞三冠の傑作幻想小説

文春文庫